JN286102

『蜃気楼の彼方』

そして、かすかなうめき、負傷者の苦しみの声、水をくれと訴える声——
(51ページ参照)

ハヤカワ文庫JA

〈JA695〉

グイン・サーガ85

蜃気楼の彼方

栗本　薫

早川書房

4984

THE MOMENT OF THE MIRAGE

by

Kaoru Kurimoto

2002

カバー／口絵／挿絵

末弥　純

目次

ふしぎな恋唄のはじまり
生まれる前から知ってたような
あれは夢　それとも　一夜だけのまぼろし
それでもかまわない　いまは

愛したのは蜃気楼の魔法（まぼろし）
それでもいい　いまはただふたり
まぼろしに酔い痴れて　夢見ていさせて
蜃気楼はいつかきっと
消えてゆくと知ってるから
いまだけの夢に溺れて
ああ……ああ……

「蜃気楼の恋唄」より

〔中原周辺図〕

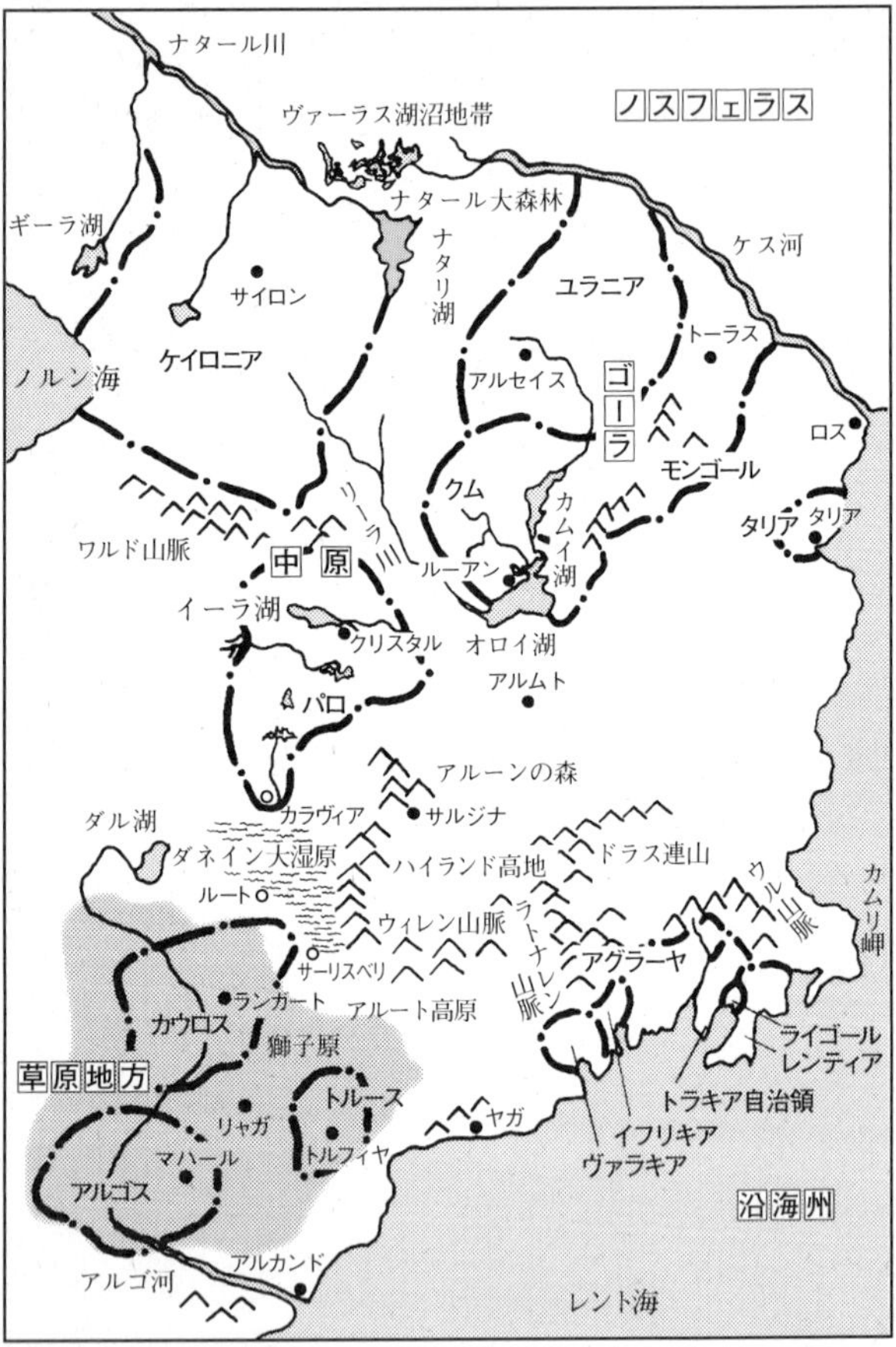
ナタール川
ヴァーラス湖沼地帯
ノスフェラス
ナタール大森林
ギーラ湖
ナタリ湖
ケス河
サイロン
ユラニア
トーラス
ケイロニア
アルセイス
ゴーラ
ノルン海
ロス
モンゴール
クム
カムイ湖
タリア
タリア
ワルド山脈
リーラ川
中原
ルーアン
イーラ湖
クリスタル
オロイ湖
アルムト
パロ
アルーンの森
カラヴィア
サルジナ
ダル湖
ダネイン大湿原
ドラス連山
ハイランド高地
ルート
ウル山脈
カムリ岬
ウィレン山脈
ラトナレン山脈
アグラーヤ
サーリスベリ
ランガート
アルート高原
カウロス
獅子原
ライゴール
レンティア
草原地方
トルース
トラキア自治領
リャガ
ヤガ
イフリキア
トルフィヤ
マハール
ヴァラキア
アルゴス
沿海州
アルカンド
アルゴ河
レント海

〔パロ周辺図〕

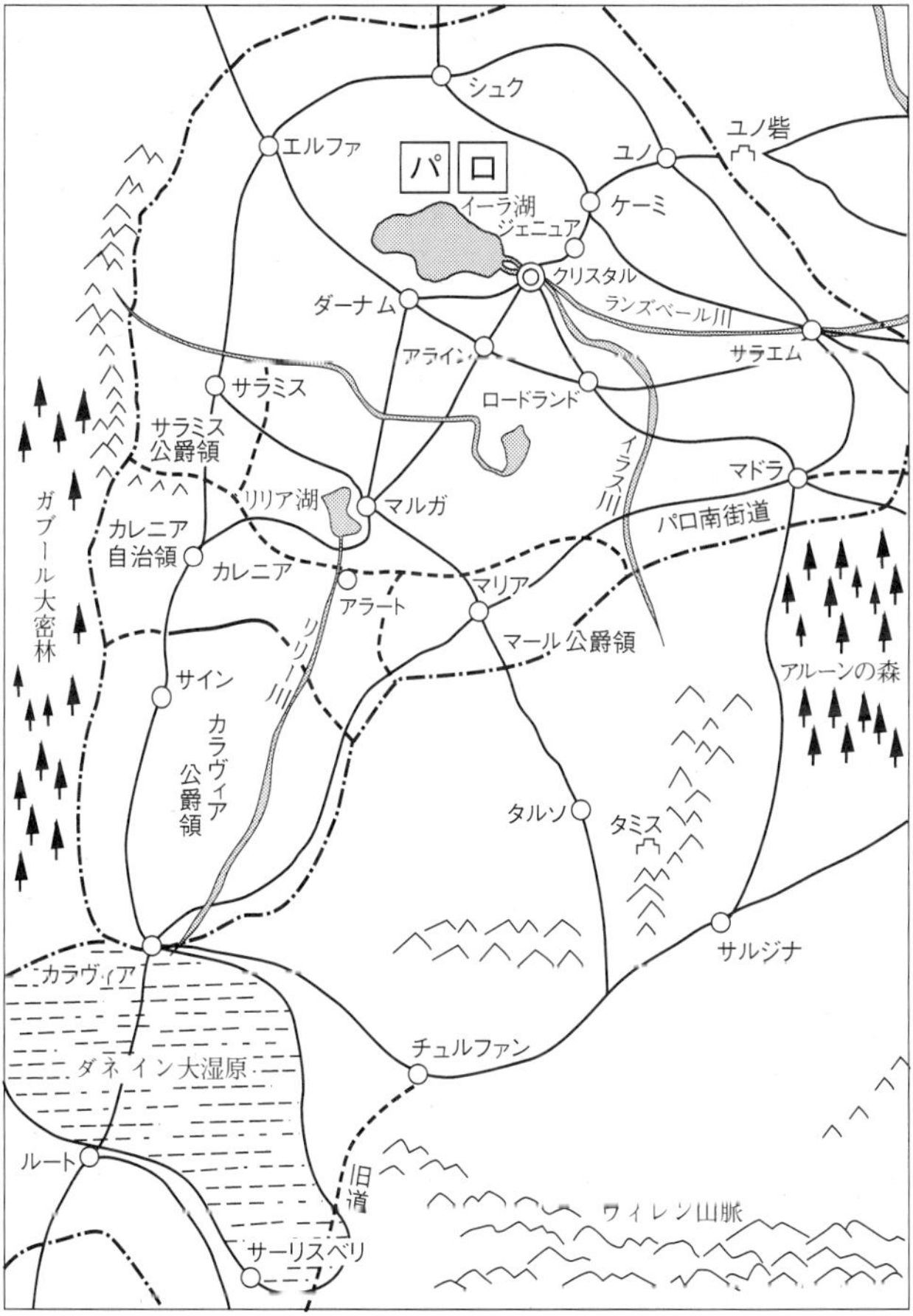
パロ
シュク
エルファ
ユノ砦
ユノ
ケーミ
イーラ湖
ジェニュア
クリスタル
ダーナム
ランズベール川
アライン
サラエム
サラミス
ロードランド
サラミス公爵領
イラス川
マドラ
リリア湖
マルガ
パロ南街道
カレニア自治領
カレニア
アラート
マリア
ガブール大密林
リリア川
マール公爵領
サイン
アルーンの森
カラヴィア公爵領
タルソ
タミス
サルジナ
カラヴィア
チュルファン
ダネイン大湿原
ルート
旧道
ウィレン山脈
サーリスベリ

蜃気楼の彼方

登場人物

イシュトヴァーン……………………ゴーラ王
マルコ………………………………イシュトヴァーンの副官
ウー・リー…………………………ゴーラの親衛隊隊長
アルド・ナリス……………………神聖パロ初代国王
リンダ………………………………神聖パロ王妃
ヴァレリウス………………………神聖パロの宰相。上級魔道師
ヨナ…………………………………神聖パロの参謀長
カイ…………………………………ナリスの小姓頭
グイン………………………………ケイロニア王
ゼノン………………………………ケイロニアの千犬将軍
ディモス……………………………ケイロニアのワルスタット選帝侯
ガウス………………………………《竜の歯部隊》隊長。准将

第一話　陥落

1

「どけーッ！」

すさまじい──

イシュトヴァーンの怒号が、マルガ離宮の回廊に響き渡る──

「邪魔だてするな！　俺の前に立ちはだかる奴は皆殺しだぞ！」

叫びながら、イシュトヴァーンは、いつのまにか、マルコとも、親衛隊の精鋭とも、はぐれてしまっていた。マルコたちは、必死にイシュトヴァーン軍の侵入を食い止めようと命をかけた、聖騎士たち、カレニア兵たちとの戦いに、まだ離宮の入り口付近で剣をふるっているのだ。

だが、イシュトヴァーンは、おのれがたった一人になったことなど、気づきさえしない。いや、彼はおそらく、生まれたときからこの状態だったのだ、としか感じておらぬのかもしれない。

「通さぬ！」

「おのれ、イシュトヴァーン――」

すでに――

この、おそるべき無謀な一騎が、当のにくむべき奇襲軍の総大将、ヴァラキアのイシュトヴァーンであることは、すべてのナリス軍の将兵にもわかりきっている。

あまりにも目立つ一騎である。純白のよろいとマントはむざんに返り血を浴び、かぶとをかぶらず長い漆黒の髪の毛をなびかせ、すさまじく目を燃え上がらせ――おもてもむけられぬ殺戮の鬼気と闘気をあたりかまわず放出しながら、鬼の剣をふるって猛烈な戦い――いや、殺戮を繰りひろげつつ突き進む、なにものにも止められまじい闘神。

そのあまりにも凄惨なすがたの前に、最も勇敢なカレニア騎士たちでさえひるみ、だが、かくてはならじと必死に互いを叱咤激励しつつ、なんとかこのさいごの回廊を守りきろうとかわるがわるに突っかかってくる。

「相手は、一騎だッ！」

「イシュトヴァーンを討ち取れ。総大将を討ち取れーッ！」

のどもかれよと絶叫しつつ襲いかかってくる騎士たち、健気にも馴れぬ剣をふるってあるじを守り抜こうとする近習たち、幼い小姓たちまでもが、死にものぐるいでイシュトヴァーンの前に立ちはだかってくる。だが、イシュトヴァーンには、そのような連中は眼中にさえなかった。

「どけ、邪魔するな——俺の邪魔をする奴は、誰であれこうなるんだぞ！」

激しく、容赦なくふるう剛剣の前に、華奢なパロの剣はぶつかりあった瞬間に折れてふっとび、よろいなど何の護身具にもならぬかのようにイシュトヴァーンの一撃をくらうと胴が両断され、首が飛び、頭が叩き割られる。

あまりにも凄惨な殺戮をまきちらしながら、イシュトヴァーンはひたすら、死に神そのもののように白い回廊を突き進もうとする。それを、死を賭して阻もうとするパロの勇士たちのすがたも、しだいに数が減ってくる。

「あらてを——援軍を、誰か！」

たったひとりのイシュトヴァーンに切り立てられて、激しい悲鳴があがる——だが、もう、マルガ離宮のなかはどこもかしこも乱戦のまっただなかだ。

「ナリスさまを——ナリスさまを守れ！」

「御座所に近づけるな！　悪魔イシュトヴァーンをナリスさまの御座所に近づけるなーッ！」

絶望的な叫びが、イシュトヴァーンに、おのれがついに求めた獲物のきわめて近くまでも侵入したことを知らせていた。イシュトヴァーンは凄惨に歯をむいて笑った——その手も、腕も、マントもよろいも血で染まり、剣は血に濡れてぬるぬるする。

「どけ。死にたくねえ奴は俺に道をあけろ！」

イシュトヴァーンは怒鳴りながら、また、健気に剣をかまえて突っかかってきた小姓の少年を容赦なく、剣を一撃にふりはらった。少年が悲鳴をあげ、その一撃の勢いによろめくところを、情け容赦を知らぬ二撃がその幼い胸を刺し貫く。絶叫して倒れる少年のからだに足をかけて、ぐいと血まみれの剣を引き抜く。顔をあげたとき、まるでこの世の悪鬼を目のあたりにしたかのように、勇敢な衛士たちですらひるんだ。

「ナリスさまを——ナリスさまをお守りするんだ！」

どこか、ここではない回廊で響いている叫びがここまでかすかにこだましてくる。それを、そちらでも繰り広げられているらしい戦闘の激しい物音がかき消す。

「云え、小僧」

斬りかかってくるカレニア騎士をかわしざま、足をあげて蹴り倒し、がくがく震えながらも健気に剣をかまえて、斬りかかろうとしていたもうひとりの小姓をイシュトヴァーンはひっとらえた。無造作に剣を叩き落とし、相手のえりもとをつかんでつるし上げる。

「ナリスさまの部屋は何処だ？」

「云わぬ！　云うものか！」

「云えよ！　云わねえと……」

イシュトヴァーンは剣を小姓ののど首にさしつけた。小姓は、頑として口をつぐんだ。イシュトヴァーンの足を誰かがひっつかんだ——さきほどのカレニア騎士だった。すかさずもうひとりがいきなり、回廊の柱のかげから声をあげて斬りかかってこようとする。イシュトヴァーンは思い切り、足をつかんでいる騎士の頭に蹴りを叩きこみざま、ぐしゃりというにぶい音を確認するいとまもなく、上に掲げた剣で斬りかかる一撃を受け止め、左手に小姓をひっつかんだまま横に剣をないでカレニア兵を切り捨てた。

「云え。きさまもこうなるぞ」

「…………！」

小姓は死にものぐるいでイシュトヴァーンの剣を持った手にしがみついた。かっとなって、イシュトヴァーンはそれをふりはなし、小姓をつきとばした。反射的に逃げようとするのを後ろから斜めに斬り倒した。そのまま、絶命するのを見届けもせずに、死体をまたぎこえ、さらに奥に向かう。

（もう、すぐそこのはずだ——すぐそこの……）

あらわれるのが、目立ってうら若い小姓や胴丸をつけただけの近習の姿が多くなったこと——かかってくる者たちの必死さの度合いがいちだんと増したことが、イシュトヴァーンに、求める獲物に確実におのれが近づいていることを悟らせている。

「待ってろ——いま、行くぞ。ヴァラキアのイシュトヴァーンがきさまをひっとらえにゆくぞ、ナリス！」

イシュトヴァーンは吼えた。これまで、ひとたびとして——この戦闘のはざまでさえ、呼び捨てたことのないひとの名を、荒々しく呼び捨てたとたんに、ふるえのくるような満足感の電撃が走った。

もう、回廊には、無事に立っているもののすがたさえもほとんどなかった。この回廊を固めて死守せんとしていたものたちの大半を、イシュトヴァーンが斬り倒してしまったのだ。回廊のそこかしこを朱《あけ》にそめて、まだ二十歳にもならぬ小姓たち、持ち馴れぬ剣を握り締めたまま目を開いたままで絶息している近習たち、むざんに胴をほとんど両断され、あるいは肩から切り下ろされ、頭を叩き割られたカレニア兵たちの死体や、瀕死のままかすかに呻いているもの、口から血の泡を噴き出しながら死んでゆこうとしているものたちが倒れていた。回廊の入り口には、折り重なるようにして死体が何十人も横たわっている。それはみなイシュトヴァーンが斬り捨てたのだ。無残ともなんともいおうようない光景を、イシュトヴァーンはだが、振り返ろうともせぬ。

イシュトヴァーンが見るのはただひたすら、前方だけだ。——いきなり、「ナリスさまを守れ！」と金切り声に近い甲高い絶叫もろとも柱のかげから飛び出してきた近習を、また、ほとんどそちらを見もせずに無造作に切り払った。鍛えぬかれ、殺戮のために特化されたかのようなイシュトヴァーンの剣技にとっては、そのような、ろくろく剣を持ったこともないような近習や小姓たちの突撃など、目をつぶっていてさえかわせる程度のものでしかなかった。

「うるせえハエ《ブンブン》どもだな、あとからあとから、飽きもせずにわいて出やがってッ」

イシュトヴァーンはぺっと唾を吐いた。激しい罵りの言葉が洩れた。ようやく、回廊に、つかのまの静寂——恐しい死の静寂が訪れている。そこを固めていたものたちはみな斬り倒され、まだ無事なものたちはこの回廊を守りきるのを諦めて、さらに奥の扉を死守し通そうといったん退却したのだ。イシュトヴァーン一人に切りまくられて、もはやここにはかかってくるものもないと見える。

イシュトヴァーンは疲れも感じぬかのように、一瞬だけ、肩で大きく息をついた。それから、血刀をひっさげ、凶々しい死神そのものの姿をさらして、大股に回廊の出口にある扉へむかった。マルガのものたちは、イシュトヴァーンを切り伏せることはとても無理だと知って、作戦をかえていた——回廊と、その次の回廊をへだてる扉は、しっかりと鍵がかけられ、そしておそらくその向こうに何か家具を積み上げて防衛の壁を築いてあるのだろう。そしてそのうしろで、まるで地獄のガルムをでも迎え討つかのような恐怖にたえて、またカレニア騎士や聖騎士たちが、必死の、さいごの防衛線を張っているのだろう。

「ち、小賢しい真似をしやがって——だが、そいつは……ナリスさまの御座所がもう、目と鼻だってことだろうッ」

イシュトヴァーンはつぶやいた。そして、やにわに足をあげるなり、頑丈な軍靴をはいた足で、ドアを蹴り始めた。

パロの建築は華奢で優雅である。美しい象嵌と彫刻をほどこした、白木塗りの扉が、容赦ないイシュトヴァーンの蹴りが三発、四発続くにつれて、壊れ、穴があき、次に木材がこっぱみじんに砕け飛んだ。イシュトヴァーンがさらに蹴ってひろげた大穴の向こうに、案の定、家具を積み上げた防護壁が見えた。

「下らねえ真似をしやがる」

イシュトヴァーンは罵った。そして、左右を見回し、また足をあげて片側の壁に張られた水晶の一枚板の窓を蹴破るなり、いきなり、その回廊を未練もなく見捨てて中庭に飛び出した。

中庭の入り口のほうではすでに、そこを固めていたパロ兵たちと、ここまで侵入してきていた奇襲軍との乱戦がくりひろげられていた。この中庭は、あいだにいくつかの小さな庭園や花壇をもうけて、きわめて優雅な、小さなあずまやもある広いつくりになっている。突然建物から飛び出してきたイシュトヴァーンのすがたに、乱戦のなかからも激しい悲鳴や怒号や味方の歓声がおこったが、イシュトヴァーンはそれにも見向きもしなかった。

求めるのはただ一人——そのおそるべき妄執に燃えて、イシュトヴァーンは血刀をひっさげたまま、乱戦をうしろに見捨て、中庭の奥へ向かっていった。それをみるなり、また「ナリスさまを守れ！」というむなしい悲鳴のような叫びがおこる。イシュトヴァーンはかまわず、中庭の奥にむかって走る。マルガの奥殿の絶望的なさいごの防衛を固めるものたちは、すべてがあの回廊を固めるのに全力をあげていたらしく、中庭の奥には人影がない。イシュトヴァーンは、うしろからおきる激しい叫び声を黙殺して、中庭の奥に見つけた小さなひっそりとした扉に殺到した。それには鍵がかかっていなかった。体当たりでそれをふっとばしてあけると、いきなり、目の前に、青いものがひろがった。

リリア湖だった。そこは、中庭から、湖畔へ抜けてゆく裏庭への通路であった。イシュトヴァーンは、ためらわずそこへ飛び込んだ。

あちこちで火の手があがり、悲鳴や泣き声や、絶叫や戦闘の物音がきこえているのが嘘のように、一瞬の静寂が周囲にある。イシュトヴァーンはそのまま、あたりを見回した——リリア湖のほとりのほうでも——マルガ市内の側からも、その反対側からも、火の手があがり、黒煙が見える。イシュトヴァーンは、獰猛に目を細めた。

張り出した窓のところに、分厚いびろうどのカーテンが上から下までかけられている一画があった。イシュトヴァーンはいきなり、それにむかってとびつき、剣の柄をふりあげて窓を叩き割った。

ガチャーンとするどい音が静寂を破った。イシュトヴァーンは割れた窓のあいだから、カーテンをひきちぎる勢いで中に飛び込んだ。同時に剣を構えていた。

「ああッ」

かすれた悲鳴があがる。信じがたいものを見たように、立ちつくしている近習らしい若者の胴にむかってイシュトヴァーンの剣が一閃した。たちまちここにも血の洗礼が見舞った。

「ここか」

だが、それきり、イシュトヴァーンは剣をひいた。

してやったり——見出したり、という強烈な達成感が突き上げてくる。ひっそりと、深紅のびろうどのカーテンとレースのカーテンに二重におおわれた、天井の高い、奥まった広い一室——

天蓋つきの巨大な寝台が、奥の中央にあった。あやしい香のかおりがただよっていた。おもての乱戦と虐殺のすさまじい血のにおいと悲鳴と戦闘が嘘のように、圧倒的な静寂と沈黙がこの室にはあった。

「ここだな」

イシュトヴァーンは歯をむいて笑った。

天蓋つきの寝台の前に、まだ二十になるならずであろう若者が、驚愕に青ざめながら、腰の剣を抜こうとしていた。こちら側から襲われるとは思っていなかったに違いない。そこは、信じがたいほど無防備にひっそりとした室であった。

「どけ」

イシュトヴァーンの口から、獰猛な声がもれ――

カイは――それは小姓頭のカイであった――いまこそ最期を悟って決死の形相で剣をかまえた。

その、とき。

「カイ」

低い――

だが、殺気をほとばしらせるイシュトヴァーンをも、決死のカイをも、一瞬にして凍り付かせる声が、天蓋から垂れた幕に隠されていた、寝台の内から洩れた。

（…………！）

イシュトヴァーンは、思わず、よろめくほどの衝撃を受けて、狂おしい哄笑をもらした。

「ナリス――さま……」

「カイ。幕をあけてくれ」

「はい」

カイはイシュトヴァーンを一瞬も目をはなすまいとにらみすえながら、忠実にためらわず天蓋から垂れている幕をあける紐をつかんでひく。

ゆるやかに、かすかな音をたてながら幕が左右につり上がっていった。イシュトヴァーンは、おのれが、いま、マルガ離宮の最奥、求めていたひとの寝室にただ一人立っていることを知った。

「イシュトヴァーン」

激さぬ声であった。イシュトヴァーンのほうが、わなわなとからだを興奮にふるわせていた。

「何故だ——？」

「……………」

イシュトヴァーンのからだから、力が抜けた。

おもてから、防衛線を突破して、殺戮と死をまきちらしながら攻め込んでくれば、そのままの勢いで襲いかかってゆけたかもしれぬ。だが、待ちかまえていたその場所の異様なまでの静謐が、イシュトヴァーンをとまどわせ、そして、鎮静させた。イシュトヴァーンは、あえぎながら、寝台の上のひとを見つめていた。

「何故、私を裏切った？——私たちは敵どうしではなかった筈だよ。イシュトヴァーン」

「あ——あ……」

イシュトヴァーンは、逡巡した。

そのまま、寝台のかたわらで、あるじをおのれのいのちを賭けて守ろうと決死の形相で剣をかまえつづけている少年を一瞬に斬り倒し、求める獲物をその強い腕にかかえて窓の外に飛び出すことはたやすかった。だが、おじけるようすもなく、寝台の上から静かに彼を見返している、夜空のように深い黒い双眸のしずけさが、イシュトヴァーンをためらわせた。

「ナリス——」

「私たちは、運命共同体ではなかったのか？」

怒りも、憎悪もはらんでおらぬ冷静な声だった。ひたすら、いぶかるかのような響きだけを帯びていた。イシュトヴァーンは喘いだ。

「あのとき、リリア湖の湖中の島で……私とお前は盟友としての約束をかわしたのではなかったか？　なぜ、このようなことをした——イシュトヴァーン」

「あ、あ——あなたの……」

イシュトヴァーンのなかで、かすかに、（失敗《しま》った——）とささやいているものがある。

　ことばをかわしてはいけなかった——ものもいわずにカイを斬り倒し、ナリスをひきさらって消え失せなくてはいけなかったのだ。この乱戦のなかで、おそるべき殺戮の勢いをかってそうすべきだったのだ。

「あなたのせいだ」

　イシュトヴァーンは口走った。おのれが何を口走っているかも、あまりよくわからなかった。

「あなたが……俺を——近づけようとしなかったんだ——俺の出した密使に……返事もくれず——せっかく俺が——援軍を連れてここまで……」

「私は、返事を出したよ、イシュトヴァーン」

　ゆるぎない答えであった。ナリスの目は、ひたと、イシュトヴァーンを見つめていた。一瞬、ふいに、イシュトヴァーンは錯乱した。

「え……ッ……」

「私の使者は届かなかったのか？——会見しようという私の申し入れの密書を持った使者は？——」

「う、う——」

　イシュトヴァーンの声が頼りなくかすれた。あれほどの殺戮をくりひろげて突き進んできた血と死をもたらす闘神は、まるでそのおそるべき力を封じられてしまったかのよ

うに、この世でもっとも無力なあいての前に立ちつくしていた。

「嘘だ……そんなの……嘘だ……」

「本当だよ。イシュトヴァーン」

黒い瞳が、ふいに、目のまえ一面にひろがって、おのれを飲み込もうとしているかのような錯覚が、イシュトヴァーンをとらえた。

「私はあなたを拒否してなどいない。——あなたは、私を信じていなかったのだね？私の——あなたに対して誓ったことばを——私のあなたへの——信頼を」

「嘘だ……」

イシュトヴァーンは喘いだ。

「嘘っぱちだ。……騙されるもんか。カリナエの悪魔め、もう二度とだまされるもんか……」

おのれを激しく叱咤して、思い切って寝台にむかって足を踏み出そうとする。カイがはっと剣をかまえる——その動きが、イシュトヴァーンに活力をよみがえらせ、イシュトヴァーンは怒号しながらカイを斬り捨てて一気にナリスを手中にせんと剣をふりあげ——

「イシュトヴァーン！」

するどい、ナリスの声が、ふたたび、まるで金縛りのようにイシュトヴァーンの力を奪った。

「私に手をふれたら――その子に危害を加えたら、これを飲むよ」

ナリスの不自由な手が、ぴたりとおのれの唇にあてられていた。

その細い指に、重たげな大きな指輪がはまっている。その指輪を、ナリスはもう片方の手をそえて、なんとか唇にあてていた。

「このなかには、即効性の猛毒が仕込んである。……ちょっとでも、そこから動いたら、それが――アルド・ナリスの最期だと思うがいい」

「ナ――ナリスさま……」

「おまえは、私を生かして手に入れたいのだろう？――そう、兵士たちが命じられていると聞いたよ……何故だかはきくまい。もしかして、お前が――キタイの竜王に操られているのだとしても、それはもうどうでもいい。……この私にでもできるたったひとつの戦い方、それは私のいのちを使った戦いだ。……どれほどお前が素早く動いても、カイがいる。カイをお前が斬り捨てているあいだには……いかな無力な私といえども、ゾルーガの指輪の毒を口に含むくらいのことは出来るよ」

「……………」

イシュトヴァーンは、目を大きく見開いて立ちつくした。

それは、彼が思ってもいなかったような陥穽であった。ナリスのおもては青白かったが、落ち着き払っていて、まるで典雅なサロンで社交的な話をでもしているかのように、かれは水のように冷静沈着であった。

「どうする？——お前が私をたおしたいのだったら、どちらにせよ同じことだ。お前に斬り倒され、反逆のクリスタル大公、カレニアの聖王の見た夢も泡と消え去るのも、おのれの手でいのちを断つのも。私にとってはどちらでも同じだよ。もう、どちらにせよ、長くはないいのちだ。……だが、お前が私を生きたままとらえたい、どうしても私のこの生きたままのからだを入り用だと思うのだったら……」

「…………」

イシュトヴァーンは、進退窮まったように立ちつくしている。その目は、ナリスからはなれない。

「それなら私にも出来ることはある。……どうする。どちらにせよもうマルガは陥落した——私の兵士たちも、私の愛するマルガも——さいごの時を迎えているのだろう。私にはもうこの世に未練はなにもない。……ただ、いのちをかけて守り通さねばならぬものがあるだけ……」

「く……くそ——！」

イシュトヴァーンは、あえぎながら剣をふりあげた。ナリスはかすかに頬をゆるめた。

「それが答えか？——ならば、これでお別れだ。さようなら、イシュトヴァーン——どちらにせよ、お前が手に入れられるのは、私の死体だけだと思うがいい。カイ、頼んだよ」

「はい。ナリスさま」

もはや、カイも生死の覚悟はきわまっていると見える。

そのおもてには動揺の色もなかった。ただ、あるじの意にそおうと、剣をかまえ、じっとイシュトヴァーンの動きを見つめている。

イシュトヴァーンはおのれの血まみれの剣を見上げた。そして、どうしたものかとためらうように目をさまよわせた。遠くから、しだいに、激しい怒号や悲鳴、戦闘の荒々しい音が近づいてくる。さきほどの防衛線はおそらく、確実にナリス軍の抵抗を突破してこちらに向かって侵入してくるイシュトヴァーン軍によって、破られようとしているのだろう。

「やめろ……」

イシュトヴァーンはかすれた声を出した。

「ばかなことはやめてくれ。どっちにしたって、もう、あんたは……降伏するしかないんだ……もう、マルガは落ちている……奇跡は決して起こらない。あんたは……どうせもう、どこにも逃げられないんだ……だったら……何も、いのちを……粗末にしなくたって……」

「やはり、そうか」

ナリスはかすかに笑った。

「ならば、私にもまだ戦える余地があるということだね。……イシュトヴァーン」

「……」

「マルガ市民の虐殺と掠奪をやめさせてくれと私が頼んだら——それを条件に降伏するといったら、お前は受け入れるか？」

「もちろん」

即刻——まるで救われたようにイシュトヴァーンはあえぐようにいった。

「もちろんだ。——ナリスさまが降伏されさえしたら——俺はいますぐこの場で戦いをやめさせ——他の連中の命は助ける。約束する」

「どうしたものだろうね、カイ」

穏やかな声だった。

「私のこの、たいしてもう余命も残っていないいのちと、その私を守るためにたたかってくれている罪もないマルガ市民と、私の兵士たちのいのち。——その大部分はもうむざんにも失われてしまったにしても、このままならたぶん——全滅はまぬかれないかもしれない。……私は、おのれのこのいのちひとつで、かれらを救うべきか？　それとも、私は、世界のために——私とかれらのいのちをあえて——捧げてくれ、とかれらに頼むべきか?」

「どちらでも――」

カイはイシュトヴァーンから一瞬も目をはなさずにささやくようにいった。

「どちらでも――ナリスさまのおよろしいように……私どもは、アル・ジェニウスのご命令に従います」

「と、カイは云っている」

ナリスはひたと毒の指輪を唇にあてがったまま微笑んだ。

「私にもまだ、出来ることはあるだろうか?――こうなってさえ、まだ多少の力はあるだろうか。……お前の手に落ちたとしても、このままこうしていれば――まだ多少は私もお前に対して力を及ぼすことは出来るだろう。どこまで続くかはわからないが――それを使って、私は私の民を一人でも多く、無残な虐殺から救うべきだろうか? それが、正しい王としての、民のことを考える支配者としての道だろうか?」

「あんたが……降伏すれば……虐殺はしない、掠奪もやめさせる……」

イシュトヴァーンはあえぐように囁いた。

「頼む。降伏してくれ……そうしてくれ。俺は……絶対、あんたに危害は加えない……」

「戦闘の物音がだんだん近づいてきた」

ナリスは云った。

「あなたの兵たちが、私の近習たちの防衛線を破ってここに近づいているのだろうか？　かれらがここに突入すれば……私はこれを飲まざるを得ない」

「待て……やめさせる。ここに……来るなと命じるから……」

イシュトヴァーンは鋭く云った。

「だから……自害するな……しないで下さい。――俺は……どうしても……」

「どうしても、私を生かしてとらえなければならない――か？」

ナリスが皮肉な微笑をうかべた。

「皮肉なものだね。キタイ王の命令――だかなんだか知らないが、それが逆に――私のさいごの切り札になるとは。……イシュトヴァーン、戦いはもう沢山だ。この室のなかに、あなた以外の人間は一切入れないと約束すれば、いまは、この指輪の中身はつかわないでもいい。……こんな取引がいつまで有効かは知らないが、有効であるあいだは私はそれを使い、有効でなくなりしだいおのれのいのちを断てばいいわけだ。……私にはもう、この上失うものはなにもないのだからね。……イシュトヴァーン。この室にあなたの兵士たちが突入した最初の瞬間に、私はこれを飲むよ」

「……」

イシュトヴァーンは迷った。

それから、いきなり、扉にむかって大股にかけだし、それを開いた。

が、そこに飛び込んできたものにむかって反射的に剣を構えた。斬り倒そうかと身構えた彼をひきとめたのは、しかし、激しい、甲高い叫びだった。

「イシュト！」

「何だと」

「イシュト！　イシュトでしょう？——ぼくだ……ぼくだよ。覚えていないの？」

「ヨナ」

イシュトヴァーンは息をのんだ。剣が、床にだらりとさがった。

「なんだと——きさま……ヨナ公か……本当に、ヨナ公なのか？　あの……あの石屋のせがれの……ヨナなのか……」

「ぼくだよ。イシュト」

ヨナは、剣を持っていなかった。

その胸に、ミロク教徒の十字架が誇らしげに輝いている。平服のままのかれは、そのまま、室のなかに飛び込んでくるなり、ナリスのベッドと、イシュトヴァーンとのあいだに割り込むように立った。

「このドアの外側を守っていたんだ……あなたがそちらからくると思って」

ヨナは激しく云った。

「あなたに……あなたを説得して——それがだめなら、あなたの恩を受けたものとして——そしてナリスさまの忠実な家臣として、ナリスさまより一足早く……あなたの剣を身に受けるために。それが僕にできるただひとつのことだから……」

「お前……なんでこんな——なんでこんなところに……」

「僕は、あなたが助けてくれたおかげでヴァラキアを出て……パロゆきの船に乗り込み、無事にパロについて……」

ヨナは早口に激しく云った。

「そして、リヤ大臣のお世話になって、王立学問所で学ぶことが出来て——望みどおりに、王立学問所の助教授にまでつけていただけて……そうして、ナリスさまのおそばにおいていただくようになり……いまの僕は、カレニアのパロ聖王政府の参謀長ヨナ・ハンゼです。……会いたかったよ、イシュト——こんなかたちで会うとは思わなかったけれど。そして、いつもあなたのことを案じていた……いろいろなうわさをきくたびに」

「ヨナ……」

イシュトヴァーンの戦意は、いまや完全に失われていた。

イシュトヴァーンはなかば茫然としながら、幼な馴染みの顔を見つめていた。

「お前……ナリスさまの側近になっていたのか……」

「もう、この奇襲さえなければ……きょうのうちにも、あなたに会って話すために——

僕があなたのところへ出発することになっていたんだ。イシュト」

ヨナの灰色の瞳が、じっとイシュトヴァーンを見つめている。あの幼い、早春のヴァラキアの丘の上を思い出してくれ、とささやきかけているかのような遺瀬ない瞳だった。

「もっと早く僕が出かけてさえいれば――あなたのところへ……そうしたら、こんな恐しい惨劇は避けられたんだろうか。だとしたら僕は自分が許せない……殺戮をいとうミロク教徒として、このおそるべき惨劇をもたらしたのは自分の責任だという気がする。……ねえ、イシュト、お願いだ。兵をひいて……剣をおさめるように命令して下さい。もう、マルガ軍は――致命的な打撃を受けている。それでもみんな……ナリスさまのためならば、さいごのひとりになるまで戦う覚悟だ。僕はかれらに――勇敢で忠誠なかれらにこれ以上……全滅のうきめを見せたくない。お願いだ、イシュト。……兵をひいて下さい。ナリスさまには……ナリスさまには僕からもお願いして……あなたとのあいだにたって、なんとか……ナリスさまが……お命を落とされないでもすむようにするから……」

「ヨナ」

声をかけたのは、イシュトヴァーンではなかった。

ナリスのとがめるような声だった。ヨナはふりかえらなかった。

「私は……ずっと思っておりました。ナリスさま」

ヨナは低い声で、ふりかえらぬまま云った。

「あのイシュトが……僕のイシュトが、本当にキタイ王の手先に堕ちたりするものだろうかと。……それを確かめるまで、どうかヨナにナリスさまのお命のお時間を下さいませんか。……イシュトをも、ナリスさまをも——一番、案じて——どちらをも……思っているのは……おこがましい言い方ながら、このヨナでございます。……ひとたびだけ、私に機会をいただくわけには参りませんか。……なんとか、すべてが……うまくゆくように、私が動いて……働いてみる機会を……」

「ヨナ……」

ナリスの静かな声が、ヨナのからだから、ほっと少しだけ力を抜かせた。

「むろん、私の——ヴァレリウスについでいま最も信頼している参謀長であるあなたがいうことならば、私は、そうするよ」

「ナリスさま……」

「どちらにしても、私は死ぬことはいつでもできる。……私はいまはただ、マルガの勇敢な人びとと、忠誠な誠実な私の兵士たちを一人でももう、これ以上、私のために死なせたくない……それだけだよ」

「ナリスさま。私におまかせ下さいますか？」

「いくつかの条件がかなうのならね」

「と……云われますと……」

「私にとってもはやさいごの切り札はこのゾルーガの指輪だけだ。……これを有効に使えるよう、つまりは私がこのさいごの切り札を失わないですむよう、この室は私の、私だけの領分として不可侵にしておいてくれることと——魔道からも、武力からもだ。そして、カイとそなたと、私の信頼するものたちがそこを固めていられるように——ねむりぐすりだの、黒蓮の魔道だの使われないように出来ることと、そして掠奪を——ことにマルガの町への掠奪をやめさせてくれること。そして、投降したものたちへの処刑をしないでくれること」

「飲もう」

即座に、イシュトヴァーンがいった。

「ヨナ。——そのう、俺も……どう受け止めていいかわからないくらい、まだ……お前がカレニア政府の……参謀長だってことにたまげているけどな——だが、それも運命ってものだろう。……お前が仲介にたってくれるなら、願ってもねえことだ。もう、剣をひくよう、命令してもいい。いまナリスさまが云われた条件はのむ。眠り薬だの魔道なんてものは、われわれ——ゴーラ軍にゃ、どっちにしても使えねえよ。パロ軍じゃねえんだから。……だが、どれほど人数をくりだしても、確かにこの状態じゃ、ナリスさまがその指輪の毒をあおぐより早く、ナリスさまをおさえるのは無理そうだ。……何人いても同じだろう、それは。――ちょっと、待ってろ」

イシュトヴァーンは、いきなり、ヨナのかたわらをぬけて、ドアをあけ、室の外に出ていった。

どのような命令をよばわったのか、ほどもなく、回廊にみちていた戦闘の荒々しい物音がやんだ。ヨナはつめていた息をほっと吐いた。ナリスを見やった目には、激しい光が浮かんでいた。

ナリスは、静かにうなづいた。

「死ぬのはいつでも出来るよ、ヨナ」

低く、ナリスはいった。そして、まだ剣をゆだんなくかまえたままで、そっと寝台のほうによりそっていたカイを肩ごしに見上げた。

「ずっと私についていてくれ。……ちょっとでも、ゴーラ軍にあやしい動きがあったら、ただちに私が服毒するだけの一分《タルザン》だけを作ってくれられるように。一瞬もはなれずに。いいな」

「かしこまりました」

カイはしっかりと答えた。

「私がどれほど非力でも、私が斬り倒されているあいだには、ナリスさまは指輪をお用いになることができます。……できれば、もうあと二人、小姓なり近習をおくことができれば、カラム水をさしあげることが出来るのですが」

「不意打ちをかけられるのを一番恐れておくれ、カイ。……もう、私の武器はただこのいのちを自分で絶てるということしかないのだから」

「大丈夫です。……私も、ほかのものと交替できるようになるまで、ナリスさまのおそばを固めます」

ヨナがささやくようにいった。

「ちょっとでも時間をかせいで……そのあいだには、ヴァレリウスさまも――そのうちにはきっと……グイン軍と……リンダさまが……」

「ヨナ。――それでいいのか？」

「はい」

ヨナは、ナリスの目を正面から見つめ返した。迷いのない目だった。

「会ってみてわかりました。……イシュトヴァーンは大切な幼な馴染みです。……大恩ある人でもあります。いま私がこうしてナリスさまのおそば近くお仕えできるのは彼のおかげです。……でも、私の――私の剣の主はアル・ジェニウスおひとりです。……ナリスさまのおんために、私も――今日、ナリスさまのおために命を捧げたすべての者たちと同じく――いつなりとこの命を」

「――有難う」

短く、ナリスはいった。

そのとき、イシュトヴァーンが室に大股に戻ってきた。そのおもてから、殺戮の狂気も戦闘の陶酔もようやくすっかり消え失せていた。血まみれのすがたは凄惨だったが、すでに、彼は落ち着いていた。イシュトヴァーンのうしろに、ウー・リーをはじめ数人の隊長たちがつきしたがっていたが、イシュトヴァーンは、命じてかれらに開いたままのドアの外で待っているようにさせ、室のなかには自分ひとりしか入らなかった。

「マルガは落ちた」

イシュトヴァーンは簡潔に云った。

「ナリス王が降伏なさったことを知らせ、武器をすてさせた。——まだ抵抗を続けているものたちに関しては、申し訳ないが、殲滅する。それをやめさせたければ、そちらから、抵抗をやめ、武器をすてて投降するよう命令してほしい。それ以外の、投降したものはもう、処刑はしない。……マルガ離宮はわが軍が占拠した。マルガ市中の掠奪はやめさせる。リリア湖岸で行われていた戦闘も、いま伝令に中止させるよう、命じさせた。——そちらの条件をのもう。この寝室周辺は、ナリス陛下の側近にかためてもらってかまわない。そのかわり、マルガ離宮内の聖王軍は全員、こちらで拘束する。寝室と——そのさきの、あの、二つドアが続いている回廊があるな、あそこからこちらはナリス陛下の御座所として、ゴーラ軍はその周囲を固めるだけで、中には入らぬよう命じておく。

そのかわり、中からの通行、外部からの連絡は一切禁止だ。――あと、ナリス陛下が降伏なさったことを、ナリス陛下の名において、マルガ周辺に布告していただきたい。準備はこちらがするが、それでかまわないだろうな」

「――ああ」

ナリスはゆっくりとうなづいた。

「これ以上、市民たちや、私の兵士たちがいのちをおとさずにすむのならば、私の名誉などは失われてもかまわぬ。……負傷者には、手当してもらっていいだろうか」

「むろんだ。ただし、薬だの医者だのはこっちにはないけどな」

「それはこちらにまだ少しなら用意があると思います」

ヨナが低く云った。

「それから、ひとつ、頼みがあるのだが、イシュトヴァーン」

ナリスのことばに、ちょっとぎくりとしたように、イシュトヴァーンが顔をあげる。

「何か……？」

「この奇襲については……どうせ斥候の目はあるかもしれないが……レムス軍側には出来ることならば知られたくない。……また、マルガ以外の私の版図についても――ヨナとあなたの話し合いがまとまるまでは、神聖パロ帝国がゴーラ軍に全面的に降伏した、というかたちにはしないほうがお互いのためだと思うのだが。――あなたにせよ、かなりの大軍をひきつれておいでとはいえ、出先のことだ。援軍とても思うにまかせぬはずだ。それに対して、周辺には、三万五千のカラヴィア騎士団も、神聖パロに味方すると盟約をかわしたばかりだし、レムス軍の動きもはじまっている。……また、ケイロニア軍のこともある。……あなたにせよ、こんどはマルガでこのまま、私を取り戻そうとするそういう友軍や敵軍の攻撃をここで引き受けるのはかなり危険であるはずだ。……それとも」

ナリスの目が、あやしい光をおびてイシュトヴァーンをまっすぐに射た。

「レムス軍はこの奇襲をもう知っているのか？」

「そんなことは……」

イシュトヴァーンはどう答えようかと一瞬迷った。

それから、獰猛に答えた。

「そんなことは、俺にはわからん。知ってれば、知ってるだろうし、知らなければ、知らんだろう。……俺はレムス軍と手を組んでるわけじゃない。俺はただ、ゴーラ軍三万が援軍としてここまでやってきた好意に対して、神聖パロが応じてくれないことに抗議しただけだ」

「それについては、さきほどいったようなゆきちがいや誤解があると思うよ、イシュトヴァーン」

静かにナリスが云った。

「だが、それについてはヨナ参謀長にまかせよう。私は神聖パロ王国の王として、こちら側の全権をヨナ・ハンゼ参謀長に委任する所存だ。ただちに話し合いに入れるならば、そのほうがいいと思う」

「ヨナ・ハンゼ参謀長か」

一瞬、何を思ったのか、イシュトヴァーンはひどく奇妙な顔でヨナとナリスを見比べた。

「出世したもんだな、ヨナ公。……いや、それはお互い様かもしれねえけどな。……まあ、しょうがねえ、これもヤーンのなりゆきってもんだ。うらむなよ、どうなってもな……これも、あれも、運命だからな。――あの、チチアの丘の上でお前に文字の読み書きを教わってたのは、いったい何百年前のことだったんだろうな。そんな気がずらあ」

「僕もだよ、イシュト」

ヨナは奇妙な痛切な懐かしさをこめて云った。

「なんだか、つい昨日のような気がするのに。……でも、そんな話はまたこんどにしよう。――とりあえず、アル・ジェニウス、わが国王陛下から全権を委任していただいた交渉役として、最初にお願いしたいのは、陛下のお食事やお飲物、おやすみになったりするさいの安全の確保だ。……それが確保されないと、陛下は御自分のその切り札が侵害されることをおそれ、食事もおとりになれないと思う。カイ小姓頭だけがおそばにお仕えしている状態だと、カイにせよ、飲み物に睡眠薬を入れられることなどを心配して、何ひとつ陛下のお身のまわりから離れることが出来なくなる。私もカイと交替でお世話をしたいが、交渉にあたるさいには、ここをあけなくてはならないことも出てくると思う。——こちらが選んだ小姓と魔道師を少し、陛下のお身まわりの世話役としておくことを最初にまずお願いしたい」

「小姓はいいけどな。魔道師は駄目だ、魔道師は」

イシュトヴァーンはたちまち、懐かしい甘い追憶などふっとばしたように、にがい顔をした。

「きゃつらは何をしでかすんだかわからんやつらだからな。……たとえいかにナリスさまが自分の命をたてにとられたからといって、あくまでも、そちらは全面降伏したんだってことは忘れるなよ。何もかも、そちらのいうとおりになると思ってもらっちゃ困るからな」

「そんなことは思っていないよ、イシュトヴァーン」

ナリスは苦笑した。ようやく、ゾルーガの指輪をはめた手は口もとからおろされてはいたが、いつなりとまた同じことができるよう、左手をそっと右手にそえたままだった。

「私は、ただ、いましばらくの私のいのちで、マルガのわが民のいのちをちょっとだけ、あがなっただけのことだ。自分がゴーラ王の奇襲の前に、あっさりと敗れ去ってその手中に落ちたのだ、ということはわかっているよ。……どうか、武装解除したら、負傷者のみならず、死者たちを葬ってやってくれないか。……死体を放置するのはむざんでもあれば、疫病の最大のみなもとにもなる。また、それがあると、わが軍の生き残りたちもいつまでも復仇の念がかきたてられるだろう。――とりあえず、人目につかぬところにまとめてやってくれるだけでもいい。……忠実なかれらのために、武人として誇りある扱いをしてやってくれるよう、お願いする」

「そんなことはわかってる」

むっつりとイシュトヴァーンは答えた。そして、まだ、何かこの相手が相手であるだけに、どこかに根本的な欺瞞、とてつもない離れ業の大いかさまの大どんでん返しでも隠しているのではないか、と疑うように、じっとあいてをにらみつけた。まだ、それほど簡単に、アルド・ナリスがおのれの手のうちに下ったのだ、ということを信じがたいようでもあった。

「小姓組のやつったって、生き残りがいればだな。――さっきだいぶ斬り倒しちまったぜ。健気に刃向かってきたからな、か弱いがきどもがな。……それから、レムス軍や、なんたら軍だなんたら軍だに、このことをいまのところ、知らせないってことについちゃ、異存はねえけどな。しかし、マルガの町に布告を出せば、いやでもばればれなんじゃないのか。そうでなくても、マルガが炎上してる、ってのは、もうかなりあちこちに伝令がとんでるだろうと思うしな」

「それについては、ヨナ参謀長とあなたの話し合いがすみしだい、私のほうから書状を出すことにしたいと思う」

ナリスは答えた。

「ことに慎重にしなくてはならないのは、カラヴィア騎士団を率いるカラヴィア公アドロンに対してだと思う。——また、グイン軍及び黒太子スカール軍についても、そちらの出ようしだいでは、かなり厄介なことになると思う。……むろん、その書状については、あなたと合意の上ということで、連名にするなり、あるいはあなたに見ていただいてこれでいいということになってから出すことにするよ。イシュトヴァーン」

イシュトヴァーンは眉をよせてナリスを見つめた。

ナリスが、このような事態になっても、なお、敗軍の将として、誇りを失ったり、うちひしがれていないことは明らかであった。それが、イシュトヴァーンには、なんとなく不安と——そして違和感をつのらせていた。

「——まずは、小姓どもをここに集めればいいってわけだろう。……それから、じゃあ、ヨナと話をすればいいんだな。もろもろのこれからのことについては」

「そういうことだ」

ナリスは云った。イシュトヴァーンは、なおも、なんとなく文句ありげにナリスを見つめていた。それから、突然、「待ってろ」と言い残して、また室を出ていった。ドアがばたんとしまった。

「ナリスさま」

何か言おうとするヨナを、すばやくナリスは制した。

「イシュトヴァーンには、心話というようなものの存在も知られていない」

ナリスはそっと囁いた。

「ロルカたちに心話で連絡をとり、この寝室周辺の外側から、結界を張らせてくれ——それを最初にしてくれないか。そして、キタイ王がよしんば働きかけてくることがあっても、とりあえず、結界で察知できるように——防げないまでもその働きかけの察知だけは可能なようにさせてもらってくれ。そのうちにヴァレリウスが着く——もう、あと一ザンもすれば着くところだったのだ。まだいくさは終わったわけじゃない。……これからだ。ヨナ、まだ、私たちは戦っているんだよ」

2

マルガ離宮と——そして、湖畔のマルガの町に、恐しい静寂が訪れている。
まだ、気をつけて耳をすませば、火の燃える音、誰かの哀しい泣き声、苦悶のうめき、かすかな悲鳴さえも、町のほうからも、湖畔のほうからも——そして離宮のそこかしこにもたゆたっているのが聞こえるけれども、しかし、そのすべてを飲み込むほどに、静寂は圧倒的であった。
いや——侵略軍には、そのようにしずまりかえる理由などまったくない。ごくあたりまえに大声で話したり、馬をいたわったり、命じられた死体の処理や怪我人の収容など、任務をこなしているのだったから、本来はいつもにくらべたら、ずいぶんとやかましい音がひびいている、といえたかもしれない。日頃はマルガは、ことにあるじがあのようないたでをおったからだを養うようになってからは、つねにひっそりとしずまりかえっていたからだ。
だが——

おそらくはそれは、マルガ一帯の上に翼をひろげた《絶望》と《死》との、圧倒的な重たさででもあったのかもしれぬ。

あたりはひっそりと静まりかえっている――まだ消え残る火のくすぶる音とものの こげる匂い、そのなかには人間のからだのやけこげるあの特有のぞっとするような悪臭もいりまじっていたのだが――そして、かすかなうめき、負傷者の苦しみの声、水をくれと訴える声――

そのすべてを押し包んで、陥落したマルガは、おそろしいほどにしずまりかえっている。

「――ナリスさま……」

そっと入ってきたのは、ヨナであった。

ナリスの寝台の周囲に、十人ほどの、かなり若いものばかりの小姓が、ぴったりとよりそうようにしてナリスを守っていた――そのもっともナリスに近くよりそって、剣を近く置いたまま、膝にカラム水の吸呑みをのせた盆を持っているのはむろんカイであった。

「ご報告を……」

「ああ」

ナリスにとっては、このすべてが非常な衝撃でもあり、また試練でもあったのだろう。

イシュトヴァーンとの対決にも、すべてのとぼしい体力を使い果たしたかもしれぬ。ぐったりとクッションに身を埋めるようにしてよこたわっているナリスのおもてはひどく青ざめていた。

「――カレニア伯ローリウスどの、戦死。――ローリウス伯実弟、ロック大隊長、戦死。……ラン将軍、戦死――」

ヨナはぐっと胸につかえるものをこらえた。ナリスのおもては、もはや中途半端な情緒など感じるすきまもないほどに絶望にとざされてしまったかのように、それをきいても眉ひとすじ動かない。

「ダルカン聖騎士侯、重体。ただいま手当を受けておられますが、ご老齢のこととて……あまり、望みは……持てぬかと存じます。リーズ聖騎士伯、戦死……」

「………」

小姓たちのなかから、こらえきれぬような啜り泣きがもれたが、カイににらまれて、ぐっとそれをのみこんだ。ヨナは淡々と続けた。

「リギア聖騎士伯はご無事でおられます。……武装解除され、申し出られて、ゴーラ王の許しがあればまもなくたぶんナリスさまのおそばへ……ワリス聖騎士侯もご無事です。軽傷をおわれておりますが……お元気です。カレニア騎士団はほぼ半分が壊滅状態で……生存者は四割に満たない状態です。クリスタル義勇軍は……さらに酷く、全滅と申してもよろしいかと存じます。……市民たちの援護にまわった部隊だけがなんとか……」

「……そうか」

ナリスは、静かに目をとじた。

その青ざめたまぶたのあわいから、静かに涙が一筋流れおちた。

「ランも——リーズも、ローリウスも死んでしまったのだね……」

「ランは、離宮の御門を守って……戦死いたしました」

ヨナは静かに云った。

「悔いては、おりますまい。……つねに、ナリスさまをお守り申し上げるのが、ランの望みでございましたので。……つらいご報告ばかり申し上げましたので……よいことも……」

「よいこと。よいことなど、まだ残っていたのか？——すまない。つまらぬことをいったね」

「魔道師部隊はまったく無傷です」

ヨナは声を低めた。

ヨナの交渉で、この寝室のなかだけは、完全に治外法権として残されている、とはいうものの、扉一枚外にはかなりたくさんのゴーラ軍の兵士がぐるりとかためている。中で大きな声を出せば当然そちらにもきこえる。

「ナリスさまのご命令により……あえてこのたたかいに介入せずにおりましたので――ロルカもディランもギールもみんなまったく無事でご命令をひそかに待っております。……ロルカはもう、ナリスさまのさきのご命令どおりに実行しておりますとご報告してほしいと……いま、直接にすがたをあらわしてナリスさまにご報告にあがると、おそらく、ゴーラ軍の注意をひくであろうからと……」

「おおいに、けっこうだ」

ナリスは青ざめた顔のまま、かすかに微笑んだ。

「それは我々のさいごの希望というものだね。……かれらが無事なら、連絡もとれる――どれほど、ゴーラ王が我々をこの室だけにとじこめておこうとしても、我々はひそかな連絡の手段と、外部とのきずなを保っていられる。……これは絶対の有利な条件として、大切にしておかなくてはなるまい」

「宰相閣下との……ご連絡は？」

「もう、しているよ。もうすべての事情はわきまえ――湖岸の、ゴーラ軍には気づかれぬところで待機している」

「それは助かります……」

ヨナは低くいった。

「いまのところ、イシュトヴァーン王はアル・ジェニウスとのお約束のとおり、負傷者を収容して手当し、捕虜にたいしても、食事や薬品をあたえ、虐待にはかけておりませんし、死者の収容も開始しております。……いまのところは、彼もまったく――紳士的にふるまっている、と申してよろしいかと思います。このような言い方が少しでもあてはまれば、ですが」

「その態度がいつまで続くか、期待しすぎないようにしよう」

いくぶん皮肉にナリスはいった。

「ともかく、我々は敗れ去ったのだ。そうであるからには――本当ならば、何も文句はいえぬところではあるのだしね……市中のようすは報告はあったのか」

「かなり――やはり、いたでをうけたのは確かですが……早めに掠奪が止められたので、それほど被害は凄惨、甚大というわけではなくすんだようです。……あらかじめ、ナリスさまが女子供を避難させるよう、おつとめになりましたし……やはりもっとも被害が大きかったのは、応戦した聖騎士団とカレニア騎士団のようです――それと……クリスタル義勇軍と……」

「勇敢なクリスタル義勇軍とランのつねに変わることのなかった献身と忠誠に――ヤーンが黄泉で永遠のやすらぎでむくいて下さるように……」

ナリスの、すべての感情ももはや消耗しつくしたかにさえ思われるやせた頰に、ふたたびかすかに涙がつたわった。

「私もそれほど遠からず——かれらとともに黄泉に下るであろうから……そう、かれらに伝えてやることが出来れば……」

「何をおっしゃいます……」

ヨナはにがい顔をした。だが、あえて何も云わなかった。敗軍の将であり、とらわれの王となったナリスの心が、どれほどの打撃をうけているかをおもんばかれば、その上にそのことばをとがめることはできなかったのだ。

「ともあれ……私たちは……まだ生きております。ナリスさま」

つねに冷静で感情をあらわにせぬ彼としては珍しく、激しいものにかられたように、ヨナは、つと小姓たちをおしのけるようにしてベッドに歩み寄り、ナリスの手をそっとおしいただいた。

「そのことだけは……ヤーンのおぼしめし、まだアル・ジェニウスにも私どもにも——なすべき使命があるがゆえ、そうお考え下さいませ。……間違っても、逝き遅れた、などとはお考えになりませぬよう。……ナリスさまさえ、ご存命であれば、私どもにはつねに希望が残っております。神聖パロも……ナリスさまがおられるかぎりついえることはございませぬ。……リンダ王妃陛下もおいでになりますし……グイン王もすぐそこに迫っていることを考えれば、状況は決して絶望的などではございません。……たとえ、いまはどのように絶望的に見えたにせよ。……どうか、ナリスさまのおんためにいのちをささげたものたちをあまりおくやみになりませぬよう――私にはよくわかります。かれらはいっときとして、悔いてはおりませぬ。ナリスさまが……万一にも、弱気になられて、うかうかとおいのちを粗末になさるようなことがありましたら――それをこそ、死者たちはこよなく悲しみ、くやみ、おのれの犠牲は無駄になったかと慚愧に哭くことになりましょうから。……ナリスさまのおいのちが、イシュトヴァーン王への切り札になり得たという事実自体が……ナリスさまのおいのちがどれほど、われらごときのいのちに比してかけがえがなく大切であるかというあかしでございます……」

「わかっているよ――ヨナ……」

「ランは――カラヴィアのランは、ヴァラキアからただひとりパロにやってきた私にとって……兄とも、家族のかわりともたのむ親友でございました」

ヨナはこらえようとしたが、これまた珍しく、こらえることが出来なかった。ヨリはそのまま袖を顔におしあてて嗚咽した。いつも冷静なヨナ参謀長の珍しい激情をみて、小姓たちのなかにもまた、啜り泣きの声がおこったが、ふたたび、カイにこんどは「シッ！」と強く叱責されてやむ。

「そのランの遺志はひたすら――ひたすらつねに……アル・ジェニウスをお守りし、そのお望みをかなえること――それだけでございました。……古代機械の秘密を研究し、ときあかすべくおそばにつくことを許され……アムブラよりいでて、こうして……さいごまで、ナリスさまのおそばにあることを許されたこと――ランはつねに望外の光栄と思いつづけ……いつもそう口にしておりましたことを、私は――日頃もっともよく語っておりました私が一番よく存じております。……その兄とも思うランの遺志は不肖わたくしがひきつぎます。――それが、ランの黄泉での冥福のためにも、何よりもの――」

「ヨナ――」

「いつか――近いうちにこれだけは申し上げなくてはと思っておりました」

ヨナはおのれの激情を恥じるようにいそいで顔をぬぐい、深く息を吸い込んで、もう冷静な口調で続けた。だがそのいつもは青白いおもてはうっすらと紅潮していた。

「さぞかし――ヴァレリウス宰相も含め……皆様はいまとなっては……この私をお疑いのことと思います。……アル・ジェニウスは信じてくださっておいでにせよ……私はヴァラキア人、どれほどパロに長かろうと、やはり沿海州の人間です。……その上に、このたびの悲惨ないくさによってこれほどの悲しみと苦しみをわが神聖パロに与えたイシュトヴァーン王はわが同胞にして――ことに縁ふかい幼な馴染みの身――その恩をうけて私はパロにたどりつくを得たのですし……しかも、そのさいには、いまや敵王レムスの股肱であったリーナス卿の父、リヤ大臣のお世話になっておりました。……あまりにも敵方にゆかり深いやつ、たとえいまはナリスさまに剣を捧げているとも、心のどこかに、かれらへの情を残しているであろうと、皆様があやぶまれるのも当然のわが身の上と存じております。しかし――十二歳のみぎりに沿海州をイシュトヴァーンの助力により出奔し、リヤ大臣の船に乗ってパロに到着し――そののち、こうして学んで人となり、ついに神聖パロの参謀長とまで重いお役目を預からせていただくにつき、もっとも私にとって大恩あったのは一にナリスさま、二にいまは亡きカラヴィアのランでありました。……私にとっていまはヴァラキアはふるさとではなく、わがふるさとは神聖パロ――そして、わが剣の主はただおひとりアル・ジェニウスのみ――これだけは、必要とあらばお疑いのかたがあるたびごとにくりかえして誓いをたて、お疑いを晴らせるまでわが忠誠をお目にかけるほかはないと存じております。……どうぞ、ナリスさまだけは……私の、ナリスさまへの忠誠と、そして――ランへの思いをご理解下さって……」

「そんなことを、あらためてことごとしく云う必要などないよ、ヨナ」

ナリスは静かに云った。

「そなたの忠誠はこの私がもっともよく知っている。……私が、ランの死をくやんで、感情的になっていると案じてくれているのだろう。すまなかったね――私にとっても、ランはつねにかわらぬ大切な愛する股肱であった……だがそれをいうなら、あれほど忠実に転戦し、私についてきてくれたローリウスも、ダルカンも、リーズも――この奇襲でいのちをおとしたすべての者はみな同じことだよ――そしてまた、最初に私の反乱のために犠牲となったランズベール侯とその家族たちもね。……私は誰一人として忘れはしない、私のためにいのちをかけてくれたひとびとのことを。……大丈夫だよ、ヨナ、私のいのちの上には、かれらのいのちが宿っている。粗末になど、できるものではないよ。私にとってはこのいのちこそ、いまとなってはただひとつの武器なのだからね――キタイ王の陰謀にここまで追いつめられても、なおも戦うための最後の切り札なのだから」

「そのお言葉をうかがって安堵いたしました」

ヨナはつぶやくようにいった。

「それでこそ、わがアル・ジェニウス――と申し上げるべきかと。……生意気を申しました。――私はまた戻りまして、イシュトヴァーンとの交渉の続きに入ります。とりあえず、マルガ市中では掠奪はおもてむきは完全に禁止され、もう、市中の火事もおおむね鎮火されております。それについては、ご安堵下さいますよう。……ただ、もともと、マルガにはもうそろそろ、余分の食料そのほかは底をついておりましたので……ここにいきなり三万のゴーラ軍が入ってきて、かなり――すぐに手をうたねば、状況は逼迫することと思いますが、それについては……私も考えてみます。あるいは、リンダ陛下にお願いして、イシュトヴァーン王との交渉に入っていただくことが必要になるかもしれません」

「リンダに、サラミスにいってもらったのは、天の助けとしかいいようがなかった」

ナリスはつぶやいた。

「こうなってみるとね。……リンダがサラミスにあり、そしてヴァレリウスも自由の身でいる。サラミスにはグイン王が二万五千のケイロニア軍の精鋭をひきいて滞在している——いや、それほど、悪い状況とは云えないだろうよ、ヨナ。私ひとりがゴーラの手中におちている、という以外にはね。……本当は、私がいなければ、リンダももっと自由に動けるのかもしれないのだけれども」

「ですから、アル・ジェニウス……」

「それは、べつだん、感情的になって云っていることではないよ。——だが、わかった。もう云わぬ。イシュトヴァーンについては全面的にそなたにまかせたよ。そなたのすることに間違いはないと信じているからね。ヨナ」

「身にあまるおことばでございます。アル・ジェニウス」

ヨナは丁寧に一揖した。

「リギアさまが許されしだい、おそばについていていただけるようにいたしましょう。女手がおありのほうが、何かと——ナリスさまのご看病にも行き届きましょうし、リギアさまならば、男手が下手にあるよりももっと、護衛の役にもたっていただけますし。……ともあれ、あちらとの交渉ごとの様子はちくいち、なるべく細かくそのつどアル・ジェニウスにご報告申し上げますので、ナリスさまは、とにかくまずは、ちょっとでもおからだのお力を取り戻されるようになさって下さればと」

「ああ」

ナリスはうなづいた。

「ますます、こうなってみると、こんなふうに衰弱していていいような状況ではないね。……私がおそれているのは、食事や飲み物に睡眠薬を混入され、そのあいだにゾルーガの指輪を取り上げられて、さいごのおぼつかぬ切り札も奪い取られてそのままキタイ王に拘束されるようになってしまうことだが——食べ物と飲み物については、小姓たちが直接に調理したり、また毒味を何重にも出来るようにしてもらったから、警戒をおこたりなければ大丈夫だろうが——あとは、キタイ王の魔道だな、警戒しなくてはならぬのは」

「はい……」

「イシュトヴァーンにはやはり、たぶんキタイ王の息がかかっているだろうということは私は八割がた確信している。だが——《魔の胞子》が植え付けられているかどうか、までは私の力ではわかりようがない。……それはヴァレリウスに見てもらわないとね。……だがいずれにせよこの事態が知れればレムス軍が動き出すことは確実だ。それに対してイシュトヴァーンがどう動くのか、それによって我々もずいぶんと対応の出来ようがかわってくる。……つねに、イシュトヴァーンの様子に気を付けていてくれ、ヨナ」

「心得ております。……私も、ひさかたぶりに会いますので、以前のイシュトヴァーンとあまりにも変わってしまっていても、それがそうした魔道のせいなのか、それとも苛酷な年月のせいなのかいまひとつ断言できません。もうちょっとじっと様子をぬかりなく見てみることにいたします」

ヨナは丁寧にまた会釈して、そっと出ていった。

「ナリスさま」

カイがそっと、カラム水の吸呑みをあてがう。

「これは、大丈夫です。もうお毒味もすんでおりますし、わたくしが直接調合してお淹れいたしましたし」

「ああ。有難う」

ナリスはゆっくりと、ほっとしたようにその吸呑みからカラム水を啜る。ナリスの喉は、そうやって一日のうちに何回となく、うるおいを人工的に与えてやらなくてはならない状態になっているのだ。

「少し、お休みになりましては。……大丈夫です。これだけ人数がいれば、決して油断することはございません」

「そうだね」

ナリスはゆっくりと目をとじた。本当は、かれはきわめて神経質であったから、同じ室にこのように大勢の人間がいて、そこで眠ることなど、できるものではないはずだったが、虜囚の身となったいま、そういっているわけにもゆかぬことはかれにもわかっていた。

「夜が落ちてくる。……夜がくるのが私は恐しい」

かすかな声が、その青ざめたくちびるからもれた。カイが聞き取ろうと耳を近づける。だが、それはほとんど吐息のようであった。

「おかしなものだ。朝になったからといって——よこしまな魔道の力がそがれるなどということは……ルアーの光で黒魔道が撃退される、効力が弱まるなどということは、まったくありえないのに。……それでも、夜になったほうがいちだんと危険が増すように思われる、人間の感覚とはおかしなものだな」

「御意……」

マルガが、陥ちてから、はじめての夜である。

明け方の奇襲をうけて、そのまま、半日ともたずにマルガは陥ちた。一瞬、といいたいほどの短時間のあいだに、ほとんど回復不可能なほどのむざんないたでと、多数の戦死者を出して、このいくさはナリス軍のあっけない壊滅に終わった。いっぽう、イシュトヴァーンひきいるゴーラ軍のほうは、腹立たしいほどに被害をこうむっておらぬ。ヨナがあえて報告しなかったほどに、彼我の被害の差の開きは甚大なのだ。もちろん、兵力もたいしてなく、また、その乏しい兵力もダーナムに割き、サラミスに割き——いっそう乏しくなってもいたし、そもそも兵そのものの強さ、たくましさ、戦意からしてゴーラ軍とはあまりにも違うとは云いながら、まるで、抵抗などうけてさえおらぬかのようにゴーラ軍は易々とマルガを——かりそめにも神聖パロ王国の首府とされている場所を切り取ったのだ。

(思い出す。……あのときも——あの黒竜戦役のときも……やはり思ったものだった。これほどにパロ軍とモンゴール軍とは底力が異なっているのか、かけはなれているのかと……その云おうようない悔しさと憤懣と、ふがいないおのれ自身への怒り——あのときも私は……そうだ、あのときも私は負傷してマルガにあって——陥ちたクリスタルの都をからくもヴァレリウスたちの活躍で脱出し、緒戦で重傷をおった身をマルガにひそめて捲土重来をむなしく期していたものだったが……)

そのときにはしかし、数々の試練を経てのちとはいいながら、みごとにナリス自身の手で、パロをとりかえし——あのアルカンドロス広場での奇跡によって、死したと思われていたすがたをあらわし、モンゴール軍を敗走させ、さらにトーラスまでも追いすがってモンゴールを逆にせめほろぼすことを得たのだった。むろん、沿海州連合、そしてクム軍の援助があってのことであったとはいえ。

(そうか。……そなたは、私と……はじめて会ったのは、あの——あのアルカンドロス広場での対モンゴールの反攻の折りのことだったのだな……ラン——）

ナリスはしずかに目をとざした。また、そのとじたまぶたのあわいから、ひっそりと、熱さぬ涙が一筋、ふた筋、こぼれ落ちてくる。

（そして、あれから——アムブラの元気一杯の学生たちの指導者として……お前はいつも、私をこよなく崇拝してくれ、そして……さまざまな議論をたたかわせ——アムブラのあの酒場や学生たちの宴で、私にもただひとたびの自由をかいま見せてくれもしたものだった……また、あのヤヌスの塔の地下室で、いく晩、お前と……古代機械の謎について激しく討論しながら、夜ふけまで語り明かしていたことだったろう……）

（武人でもないお前に、クリスタル義勇軍をあずけ、将軍などという名をあたえ……この、人材少ない神聖パロ王国であるがゆえに——そして、ついに戦死させてしまった——許してくれるね、ラン、お前は軍人になりたいと思ったことなどひとたびとしてなかったことは、私が一番よく知っていたのだが……お前の望みはつねに、学問の自由と——そして古代機械の謎をとくこと……）

（まだ、子供が小さいはず——レティシアと子どもはまだアムブラにいるのだろうか、それとも——？　こうなって、各地を転々としはじめてからそれをきいたこともなかったが……夫が、父親が亡くなったと知らせてやるすべもないのだろうか……）

（ラン、ずいぶんと長い時が流れたね……あのときから——あの、アルカンドロス広場から……)

(いまこそ聞くがいい。わが名は——クリスタル公アルド・ナリス!)

まばゆい聖騎士の銀のよろいに身をかため、虐殺の悲鳴にみちていたアルカンドロス広場に颯爽と聖騎士団を率いて駆け入ってきたパロの救世主。

(その身はいま、こうして——かろうじて身ひとつを横たえる寝台だけをさいごの砦に、自由に起きあがることもならぬからだとなって……それでもなお、パロのために——パロのために……)

「ナリスさま」

カイのしずかな声がナリスの耳をうった。

「お休みでございますか……?」

ナリスは目を開かなかった。その頬に静かにひそやかに流れおちてゆく涙だけが、乱戦の中でいのちを落とした勇敢なカラヴィアの朴訥な青年学究へのただひとつの手向けであった。

3

そう——

夜の訪れたマルガを、ぶきみな静寂と沈黙が覆い尽くしてはいる。

だが、それは、陥落をいたみ、嘆き悲しみ——死者たちをとむらい、悲嘆にくれるための沈黙や静寂ではなく……むしろ、その底に何か、ひそやかな反発と嗔恚とをひそめた、底ごもる沈黙であるかのようであった。

イシュトヴァーンとて、それを感じぬわけではない。その秀麗なおもては、とても、勝者の、半日とかからず、神聖パロ王国のかりそめとはいえ首都を攻め落とし、聖王を首尾よく手中にした勝ち誇る侵略者の満足に浸っているとは思われぬけわしさにかげっているように、はたのものの目にもうつった。

「結局、私の使者は何のお役にも立てませんで……」

マルコが、ただひとり、リリア湖畔に立っているイシュトヴァーンのうしろに、そっと声をかけて近づいていったとき、イシュトヴァーンは、いくぶん小高くなっている湖岸の船つき場に立って、腰に手をあてて、夕日が沈んでゆこうとしている湖を見晴らしていた。王は、そこに、「誰もしばらく来るんじゃねえ、しばらく一人にさせとけ」と言い捨てて降りてゆかれた、ときいて、マルコだけが、おそるおそる、近づいていったのである。

「――お前か。マルコ」

邪魔だ、と怒鳴られたらすぐに退散しようと近づいていったのだが、イシュトヴァーンは背中で案外おだやかな声で答えた。

「見ろ、マルコ。……あの島、覚えてるか」

「はい……」

むろん、覚えていた。

いないわけがない。――イシュトヴァーンともども、クムからひそかにただ二騎でこのマルガに潜入し、そして、ヴァレリウスと出会って、その手配で、船にのり、湖にのりだして目指したあの小島である。そこにはちいさな別墅があり、そして、そこで、イシュトヴァーンとマルコ、ナリスとヴァレリウスの二組の主従は、あのあまりにも運命的な――そののちの中原の運命をも、パロをも、そしてかれら自身の運命をも最終的にここに導くことになったはずの一夜の会見をしたのだった。

「あそこだ。あそこで、俺は――ナリスさまと会って……」

何を思っているのだろう――マルコは、はかり知れぬものを見るようにイシュトヴァーンをそっとあおぎ見る。

むろんもう、血まみれのよろいもマントもぬぎすて、新しいものにかえている。返り血をあびた顔や髪の毛もきれいに洗い流したのだろう。もう、あのおそるべき血に飢えた狼、狂える闘神の面影はない。

「ウー・リーが閉口しておりましたよ。……というか、ご心配申し上げておりました。……陛下が、ただ一騎奥に駆け入っていってしまわれたときには、いったいどうしたらいいかと思った、と――ウー・リーは、陛下が……シランで、あのアルゴスの黒太子と一騎打ちをいどまれたときにも腰をぬかしたようですが。……あとで、私にさぞかし怒られるのではないかと、それが一番気になったようで」

「下らねえ心配をするなとウーにいっとけ」

イシュトヴァーンは、ぶっすりと云ったが、馴れているマルコには、それほど彼が機嫌が悪いわけではないことはわかった。

「俺は俺のやりたいようにやるんだ。……俺の側近であるからには、俺のやり方に慣れろよ、でねえと、寿命が縮むぞ、となー」

「私などもいい加減、寿命がさんざん縮まりましたくちで」

マルコは苦笑した。

対岸よりもちょっと離宮に近いあたりの向こう岸に、暮れなずむ空に幾筋もの煙がのぼっている。いくつかは真っ黒で、まだ鎮火しきっていない火災の名残かもしれないが、残りはそうではない。死者をとむらうための悲しい野辺送りの炎がたてる煙のようだ。

マルガは、あっという間に陥ちたのだ。

「あっけなかったな」

イシュトヴァーンは、短くもらした。そして、髪の毛を乱暴に、胸のなかにつきあげてくるものを振り払うかのようにかきあげ、ふりはらった。

「だがなんだか――だまされてるような気がしてならねえ。……全体、パロのやつらは油断がならねえが、そのなかでも、ナリスさまときたら……何を考えてるのか、何をたくらむのか、信用などできたもんじゃねえ。……どうも、俺は……まあ、確かにこの場所といい、あの軍勢の人数といい強さといい、ゴーラ軍が攻めて、守りきれるわけがねえのは承知だが、どうも……」

「………」

「どうも、落ち着かねえな」

「と、云われますと……」

「なんだか、どっかにどでかい罠が仕掛けてあるような気がしてならねえのさ。……これは、たぶん……なるべく早めに、ナリスさまを連れてイシュタールへ帰ったほうが得策だろうな」

「イシュタールへ……」

　イシュタールへ帰る。

　そのことばが、イシュトヴァーンの口から出たことにはっと驚いて、マルコはおもてをあげる。

　見ているうちにも湖のはてに日は没して、たくさんの鳥が黒いすがたをさらしながら湖の彼方の山の端に飛んでゆく。鳥どもも、いくさと、それによって生じた大勢の死者たちにたかぶっているのか。いや、あの鳥たちこそ、あるいは、夜になって黄泉へわたろうとする、むざんに斬り殺されてはてたたくさんのマルガの市民たち、兵士たち、衛兵たち、騎士たち、うら若い小姓や侍女たちの魂なのか。

「ユラニアへ……お戻りになりますので……？」

「ナリスさまを連れて戻れればな……そのほかにはもうここには用はねえ。……俺としては、いま……」

　奇妙なくぐもった声が洩れた。マルコは、近づいて聞き取ろうと耳をそばだてねばならなかった。

「俺は……いま、グインとぶつかるのは困る……ここでは、特にだ……」

「は……」

「兵力では……こっちが五千上回ってるのはわかるが……しかしいまだとまだ……自信がねえ。くそ、あと二年後だったらな……」

「……」

「それに、イシュタールも気になるし……が、まあ、それは……」

「……」

「ここでいま……ケイロニア軍とぶつかると……退路を断たれたらやばいし……そうなったら、クリスタルに――レムスに頼らなくちゃならなくなるし……それは俺はどうも……いけすかねえし……」

「……」

いくぶん、緊張して、マルコはイシュトヴァーンを見つめる。

《このの ち》を語るような具体的なことばがイシュトヴァーンの口から出たのは、あれ以来――イシュトヴァーンがひたすら南へ、南へとなにものかに憑かれたようにマルガを目指しはじめて以来はじめてかもしれないのだ。

「俺は……どうしたらいいんだろうな」

「え……えッ？」

「神聖パロの味方をしてやるつもりできたのは事実だが……あんまり無礼な默殺をしやがるから、頭にきてたのも確かなんだが……」

「……」

「なあ、マルコ、どう思う。——ナリスさまは、自分は、使者を出してる——密書を持った使者をちゃんと立ててる。それが着かなかったとすると、それはレムス側の陰謀じゃねえかとおっしゃるんだよ」

いつのまにかまた、ナリスに対する口調が、以前と同じうやうやしい、いくぶんおそれをはらんだものに戻っていることは——あの乱戦のなかでイシュトヴァーンが叫んでいたことばをちくいち耳にしていたわけではないマルコにはわからない。

「俺は……もしそうなら、俺は……」

(とんでもねえ間違いをしたんじゃねえだろうか……)

口にするところをナリス側のものにでもきかれようものなら——

これほどのむざんな被害を出し、すさまじい奇襲によってマルガを壊滅させ、おもだった武将の大半を戦死させるむざんな打撃を与えておいて、何をいうのだ、と激しい憤激をかったにちがいない。

だが、イシュトヴァーンの目は、もはやすっかり夕日が沈み、きらきらかに黄金色に輝いて照り映えていた波も湖面もひっそりと群青色の薄暮のなかに沈んでゆきつつあるリリア湖にひたたと向けられていた。

「俺は——レムスと組む気なんかねえはずなんだが……」

何かが、おかしい。

イシュトヴァーンは、おのれの上におこったことを、すっかり覚えているわけではない。むしろ、かなりの部分、記憶がとびとびになっているし、完全に真っ白になっている部分もある――だが、あまりそのことは気にとめていない。

彼が気にしているのは、この奇襲の結果、おのれが神聖パロとアルド・ナリスの決定的な宿敵となり、そして神聖パロの中枢部をおとしいれてしまい――ということは、レムス軍が、当然ゴーラ軍を、レムス・パロの味方、と考えるのが論理的帰結だ、という事実についてなのだった。

(俺は……なんかに操られていたんだろうか……俺は、マルガを……むしろ、救援にきたはずなのに……)

なにものかに文字どおりとりつかれたように、一気にマルガを陥としてしまった。そのときには、そうするのがたったひとつの道であり、それ以外に方法はない、とかたく信じていたのだ。というより、その考えにのっとられたように、ほかのことなどまったく思いもつかなかった。その時点では、レムス軍のことなどきれいさっぱり頭から消えていた。

(なんだか……変なことがあったような気がする……だが、よく覚えちゃいねえ……)

(俺は――俺はどうしたんだっけな、スカールと戦って、やばくなって、崖から下に飛び込んで逃げて……で、なんもかもウンザリして、なんもかもブチすてて逃げ出してやろうかと……もういっぺん、レントの海の海賊に戻ってやろうと思って……）

（ああ……レントの海の海賊……）

眼下に、ちゃぷん、ちゃぷん、と、船つき場の柱にあたっておだやかな波音をたてているリリア湖のさざ波は、イシュトヴァーンの覚えているどんな海の物音とも違う。

それは淡水の、小さなおだやかな湖のたてる、優しいひそやかな包み込むような水音のささやきだ。鋭敏な鼻ににおってくる水のにおいにも、まったくひとかけらの潮のにおいさえなく、ただのきよらかな水のかおりなのが、かえってこういう波のたつような水の見えぬ内陸にいるよりももっと違和感を感じさせる。

（やっぱり俺は……どうしてあんときにそうしなかったんだろう。それが一番よかったのに……どんなに楽しかったか知れねえのにな……）

そうするかわりに、どうしてマルガを落とさねばならぬ、と狂ったように信じ込んでしまったのだろう。

（なんだか、誰かに……信じ込まされたような気がする……）

だが、ナリスを生け捕りにできたことだけはよかった。いまさらのようにイシュトヴァーンはぞっと身をふるわせる。

（ナリスさまを……もしも、斬り倒してしまってたら、俺は……おかしくなっちまってたかもしれない……)

どうして、あれほど、ナリスだけは殺すな、生かしてとらえろ、と叫び続けていたのか、そのときいったいどのような命令に脳を支配されてそうしていたのか覚えはまったくないのだが、いまとなってみると、イシュトヴァーン自身が、どうあっても、ナリスの戦死、というような事態を招いたら、おのれが崩壊してしまう、という気がしてならない。

(俺は……ナリスさまと……運命共同体になったもんだと思っていたのに……)

つと、イシュトヴァーンの手がのどもとにのびた。

が、ふいに、その眉がくもった。

(あ……)

肌身はなさずかけている、ナリスにあのときマルガの、湖水のなかの小さな島でもらった水晶のペンダント。

その、見慣れた半透明の美しいペンダントのようすが妙にかわっている。

(なんだ、これ……真っ黒になってやがる……)

イシュトヴァーンはなんとなく、ひどくぎょっとした。

(どうしたんだろ……)

いそいで、それを、ごしごしと袖口で拭いてみる。だが、どうやら曇りは内部に存在するようだ。拭いても、その水晶の玉は妙に汚い黒いにごりをおびたままだ。

（な……なんだってんだろう……）

奇妙な不安と、そして戦慄に似たものがイシュトヴァーンをとらえた。

（こんなのって……見たことねえぞ……）

これを自分と思って、とナリスはいったのだった。

だとしたら、それに生じた異変は——ナリス自身にかかわりのある異変だというのだろうか。

（それとも……）

何かはっきりしないが、しかし、つい先日のはずだが、記憶が鮮明でないある一瞬について思い出そうとすると、妙な、びりびりと脳を中側から鞭で打たれてでもいるかのような電流が走るのだ。それがまた、イシュトヴァーンにはあらためて気になっている。これまでは、（マルガを落とす——）という、その一事にまるでとりつかれたとしか思えぬ状態になって、ひたすらがむしゃらに、ためらったり、驚いたりする兵をかりたててここまできた。だが、いま、ようやくマルガが落ちて、事態が一段落したいまになって、イシュトヴァーンは、自分の上にいつにない妙な現象がいくつかおこっていることに当惑している。その意味では、きわめて、おのれにも他にも変化に敏感な、本能で生きている野性児だ。

（くそ……）

気のせいか、とふっとつのる不安をふりはらってきたのだが――水晶玉の異変は、イシュトヴァーンがはっきりと目のあたりにした、この何やらわからぬ不安には確かに根拠がある、ということの最初の証拠だった。少なくとも、イシュトヴァーンにはそのように思われた。

「ユラニアに帰るぞ、マルコ」

まるで、その不安にせきたてられたように、水晶玉から手をはなして、イシュトヴァーンはせきこんでいった。

「は――はあ……」

「なんか、感じるんだ。……そうしなきゃダメだ。ここでこのまま……時間をとればとるほどやばくなる。……そんな気がするんだよ。――だが……」

とにかく、ナリスは連れて戻らねばならぬ。

どうしてか知らず、イシュトヴァーンは、それだけは、最初からかたくなに思い決めている。

連れて戻ってどうしようというのか、人質にとろうというわけでもないし、もはや運命共同体たることは、ナリスのほうでがえんじまい。にもかかわらず、イシュトヴァーンには、「そのほかの処遇」など考えつかぬほどに、「ナリスをイシュタールに連れて戻る」ことが、あまりにも絶対の、自明の理の前提に思われているのだ。そのこと自体が、よく考えてみたら不自然なことだったかもしれないのだが——

「それは……私のほうは……将兵どもも、帰国については異存ありませんばかりか——泣いて喜ぶことと存じますが……」

「なんか、俺の……俺の直感がな、そういうんだ……」

イシュトヴァーンはふいに、ざわっと何かが泡立つように感じて、おのれのうなじをさすり、そして、もう暗くなっているなめらかな湖面をにらみつけた。そこから、巨大な怪物でもが突然出現しはせぬかと不安にかられたような目つきだった。

「いまなら間に合う——ってな。どうしてだかわからねえ。……これまで一回として、そう感じたことがなかったんだよ。戻らなくちゃダメだ、なんてな。……だが、いま——ふいにとても強く思うんだ。いま、戻れば間に合う——でねえと、危ない、とだな……なるべく早くここはひきはらう。どちらにせよ、もう、陥落させちまったんだからな……用はねえ。ナリスさまだけを連れて、俺はイシュタールに引き上げる。イシュタールに入れば……万事よくなる……きっと」

「し、しかし——」

アルド・ナリスをイシュタールに連れていってどうしようというのか——

マルコは、いくぶん困惑しながら問いかけようとする。だが、イシュトヴァーンはいきなり、足もとの石をひろって、思い切り遠くへ、湖の中心部へ——もしかしたら、あの運命の会見を行ったあの湖の小島をねらったかのように、激しく投げつけた。ぽちゃーんと水音があがる。対岸に、ぽちぽちと、あかりがつきはじめている。もうすっかり暗い。

「戻るぞ、マルコ」

イシュトヴァーンはもうまったくお前などには用はない、とでもいいたげに、リリア湖にそびらをむけた。

「そのほうがよろしゅうございます。だいぶ風も冷たくなって参りましたし……」

「ナリスさまをどうやって連れて帰るかについちゃ……まただいぶん、ヨナとやいやい言い合わなくちゃいけねえようだな……」

イシュトヴァーンはつぶやいた。

「どうも、この、ヴァラキア人てやつは、どうしてああ強情なんだろうな。……って、お前もヴァラキア人だったな、マルコ」

「あの、若い神聖パロの参謀長は、ヴァラキア出身だそうでございますね。——しかも陛下とゆかりの者ときいて、奇遇に驚いておりましたが……」

「奴は、チチアの……石工のせがれだったのさ。ミロク教徒のな」

イシュトヴァーンは一瞬、懐かしそうに云った。

「お前、覚えてねえか、マルコ。助平のカンドス伯爵なんてえ、下らねえ野郎がいたのさ。……そいつが、つまらねえ助平心で、奴と奴の姉さんを狙ってたのを、俺が助け出して——パロゆきの船にのせてやったんだ。……こんなとこで、こんなことになって、巡り会うなんてな。……なんてこった。俺は、奴に読み書きを習ったんだぜ。……奴は、ものすごくよく学問ができて——それで、パロで勉強をしたがってたんだ。……俺がいなけりゃ、奴は、カンドスの助平野郎にヤられて、色子奴隷にされてたとこなんだぜ」

「カンドス……前港湾長官だったカンドス・アイン伯爵ですか」

呆れたようにマルコがいう。

「それはまた、とんだ武勇伝で……そういえば、素行はずいぶん悪い男だと評判でしたがね、カンドス前港湾長官。……そういえば、《太っちょオリー》にもずいぶん取り入って、遊び仲間になっていたというわさもありましたね。——もうずいぶん前のことです。私も……忘れてしまいましたよ。ヴァラキアのことは」

「そうそう、それだ」

イシュトヴァーンはふいに、十六歳のやんちゃなチチアの王子に戻りでもしたかのような顔をマルコにむけた。

「太っちょオリーか！　懐かしい名前だよな！——きゃつ、まだ生きてるんだろうか」

「さあ、死んだという話はききませんが……病気で、公務は全部ひいて、おまけに、もうやせ細ってしまったということは、いつだったか、聞いたことがありましたが……」

「ヴァラキアに戻ってももう……知ってる顔ひとつねえんだろうな……」

イシュトヴァーンは遠い目でつぶやいた。だが、それから、すぐに獰猛にマルコをふりむいた。

「おお、思い出話をしてるどころじゃねえや。……そのヨナ公のやつが、なかなかどうして手強いんだよ。……野郎、ひとの恩を忘れやがって、まあ云いたいことを云いやがるったら、あれじゃ俺の立つ瀬ってのはどこにあるんだ。……妙に口がうまくってからに、奴に言いまくられてたら、気がついたら俺は……俺は奴にきっといいようにまるめこまれてるぞ。どうも、ああいう奴は苦手だ……なんか、わけえくせに妙に落ち着きはらいやがって——まあ、でも、昔からあんなんだったな、奴は！　本当に、年上の俺をとっ捕まえて、まだ覚えねえのかだの、石頭だの、怒鳴りまくるひでえ先生だったよ」

ことばだけきいていれば、まるで、なごやかな、おだやかな遠い昔の思い出話にしか聞こえない——マルコはひそかに思っていた。

だが、このいまの状況がどれほど殺伐としたものか、この人は、あまり実感として理解していないのだろうか、と疑う。市民たちまでも過半数に及ぶくらい殺戮が繰り返され、マルガはほぼ壊滅のうきめにあった。いま、マルガ市もマルガ離宮もあげて神聖パロの民は、狂王イシュトヴァーンに対する憎悪と怒りと悲嘆とでこりかたまっているだろう。むろん、かれらの武力で何が出来るのかとたかをくくるていどの相手でしかないにせよだ。

（だが、いつもいつも四六時中、すべての方面にむかって警戒しているわけにはゆかないんだし——それになんといってもあいての地元に飛び込んでしまっているんだから……）

確かに、いっときも早くマルガを出て、ユラニアへの帰国の途につくのは大賛成だとマルコはひそかに、湖岸から離宮のほうにむかってあがってゆくイシュトヴァーンのうしろすがたを見ながら考えていた。

（だが……それなら……いったいなんで、イシュトは……マルガ攻めを……）

イシュトヴァーンに命じられて、まったく意味をなさぬ無駄足に終わったとはいえ、マルガへの使者にたとうとして不在だったマルコには、そもそもスカールとの突然の対決のいきさつもよくのみこめないし、その後におこった出来事についてはなおのこと知るすべもない。

（それに……ナリス陛下を連れてでは、とてものことにこれからイシュタールまでの長い道中を無事には……グイン王は当然、リンダ妃の要請をいれてナリス王を取り戻しにいどみかかってくるだろうし……レムス軍もナリス王をひきわたせと要求してくるだろうし……）

なんだか、イシュトヴァーンのやることはまたいちだんと狂気じみてきたようだ――マルコはぶるっと身をふるわせた。マルコは、そのおのれの感慨がどれほど正鵠を射ているかについては、むろんのこと、知るすべもなかった。

第二話　狂　王

1

無残な、陥落の日から、一夜があけた。

マルガは、いまだ、あの異様な沈黙におおいつくされていた。いや、だが、いまは、そこに、ゴーラ兵たちのざわめきだけがわがもの顔に、市内にも、離宮の周辺にも、回廊の周囲、中庭にも、湖畔にも――みちみちている。狭いマルガに、一気にふくれあがった三万の将兵が、馬ともども、陣を張っているのだ。どこもかしこも、ゴーラ兵のすがただけで、満たされてしまったかのようにみえる。

そのかわりに、マルガの市民たち、神聖パロ軍の兵士たちはもう、この地上から消滅してしまったかと思われるほど、きれいさっぱりすがたを消している。マルガの市民たちは、イシュトヴァーンから掠奪をとどめる命令が出されたとはいいながら、それでもまだ、信用がならず、いつなんどきこの暴虐な奇襲をかけてきた軍隊がさらにおそるべきキバをむいておのれらにおそいかかるかを恐れていた。女子供はすべて家々の一番奥にかくまい、男たちも、武器を持っているところを見つかったり、抵抗したりすれば、容赦なく斬り捨てられたから、かたく家の扉をとじて、極力外に出まいとしている。朝がきても、いつものどのようなときにもリリア湖にうかんで、その美しい風物詩となっていた、魚とり、アシ刈りの小舟は出されず、それゆえ魚売りのすがたもあらわれなかった。マルガは、死に絶えてしまったかのようなすがたをゴーラ軍のまえにさらしていた。

マルガ離宮の内部はさらに酷いありさまとなっている。あれほどの美しさと優雅、典雅を誇った、マルガの白亜の離宮は、むざんな傷あとをその美しい身にうけて、満身創痍となっていた。ぶこつなゴーラ兵たちの軍靴で白亜の廊下は傷だらけになり、その壁にはむざんに鮮血のあとがあちこちに飛び散り、死体や負傷者こそ片付けられたものの、そのような死闘のおこるまじき場所でくりひろげられた物凄い戦闘のあとをまざまざと生々しく見せつけていた。いまだに血のにおいが回廊という回廊にただよっている――庭の池は血が流れ込んだままにどろりと水がよどみ、美しい生け垣や花壇は踏みにじられ、へし折られた木々、花々のすがたが見るもいたいたしい。ひきちぎられた壁のタペストリ、倒されたアラバスターの彫像、叩き壊された家具――どこもかしこもが、凌辱をうけた典雅な美女のむごたらしさで、離宮を守っていたものたちの熱い憤怒と悲しみの涙をさそう。

ゴーラ軍の手で、神聖パロ王国側の騎士たち、兵士たちはすべて武装解除され、離宮の外側のうまやと倉庫、納屋のある側におしこめられた。そして離宮の数多い部屋部屋はゴーラの隊長たちが占領し、庭先にも、また湖畔の船つき場の周辺や庭園にも、ゴーラ兵たちの天幕が張られた。マルガの離宮にはとても、三万人もの兵士を収容する場所はなかったのだ。

イシュトヴァーンは兵をわけて、離宮まわりを一万に固めさせ、残る二万を、マルガ市内においたが、それほどもはや長くこの危険な場所にとどまる気はなかったので、分宿の手はずなどまでは決めず、とにかく二、三日のことゆえ適当に陣を張ったり、野営するなり、あいている家を利用するようにと命じさせた。掠奪は禁じられてはいたが、ゴーラ兵たちはもう、食料の用意もなかった。食物を得るためには、市内の店や、市民の家のたくわえに頼るほかはない。ヨナは必死になって、マルガの市民たちに食料を供出させ、ゴーラ兵の食料を得ようとしての乱暴をまぬかれさせようとしたが、そもそももともとが軍事都市でないマルガに、臨時の神聖パロ王国の政府がおかれ、軍勢が駐屯して、食料も武器も逼迫している状態だったのだ。そこにいきなり三万の兵が増えては、とうていまかないきれるはずもない。

「イシュトヴァーン陛下」

ヨナは、苦衷にやつれた顔で、この二日間に何回となく通った、イシュトヴァーンがとりあえずおのれの本陣ということにさだめて占領した離宮の中奥の一室のドアをたたいた。

「誰だ?」

「神聖パロ、ヨナ・ハンゼ参謀長です」

「よし。通れ」

ゴーラの衛兵の態度は、占領された国の政府の幹部に対して、いたって傲慢であった。

「なんだ」

イシュトヴァーンは、奥のソファのところに身を投げ出していた。さっきまで、何か軍議をしていたらしく、低いテーブルの上にまだ、中原の地図がひろげはなしになっている。数人の隊長たちが、それぞれに椅子にかけていた。

「お願いの儀があって……」

「なんだ」

どうも、おのれがゴーラとの交渉役を引き受けたのは、拙策であったかもしれない——

ヨナはしだいに、その不安を感じ始めている。

イシュトヴァーンは、ヨナに対して、旧知のよしみで心を開くどころか、逆に、(俺を裏切って、ナリスさまの参謀になりやがった……)という、ひそかなうらみを抱いているように、ヨナにはしだいに感じられてきたのだ。いつも、ひそかな怒りを湛えているようなイシュトヴァーンのするどい目が、ヨナに向けられている。

「他でもございませんが――昨日もお願いしたことですが、マルガは……もともと軍事都市ではなく……もう、糧食も、また医薬品、そのほか日用品などのたくわえもすべて底をついております。……怪我人たちを手当するための医薬も、また……死者を焼くための燃料さえも、思うにまかせないありさまです。……糧食にしても、まだしもきょうあすはなんとかなりましょうが……それをこえたら、とても……たとえさかさにされても、もうマルガは……離宮も市民たちも、三万のゴーラ軍を養うだけのものはそなえ持っておりません。……それにつきまして……」

「おい」

イシュトヴァーンは横柄に幹部たちに命じた。

「ちょっと、出ていろ」

ばらばらと隊長たちが出てゆく。ゴーラ軍の隊長はみな若い。若いだけでなく、ひどく殺気だっていて、顔つきもけわしい。いうなれば、不良少年あがり、と露骨にわかるような、物騒な感じのものばかりだ。ひとりだけ、一番年輩の――といってもまだ、むろん、ほかのものに比べて年がいっているというだけで、さしたる年というわけではなかったが――イシュトヴァーンの気に入りの側近らしい、もうヨナも顔を覚えた副官だけがかたわらに残っている。

(あの男は……こういうときに、人払いをまぬかれる特権をもっているんだな……それにあれはたしかヴァラキア人だといっていた——)

なかなか話のわかりそうな、おだやかな顔をしている。少なくともほかの若くて血気にはやっている隊長たちとはかなり違いそうだ。ヨナは、かえって、マルコが——それはむろんマルコだったのだが——この場に残ってくれていることにほっとする思いだった。

「そんなこたあお前に云われるまでもねえ、俺だってわかってる」

隊長たちが出てゆくのも待たずに、するどい声でイシュトヴァーンは云った。

「俺をばかだと思ってんのか。……だが、俺はなんとしてでもうちのやつらは食わして、飲ませて、恩賞のひとつもくれてやらねえわけにはゆかん、それもわかってるだろうな、ヨナ」

「わかっています」

ヨナはじっとイシュトヴァーンを見上げた。イシュトヴァーンの黒いあやしい瞳と、ヨナの灰褐色の、冷たく冴えた理知的な瞳があった。

「わかってもらったところでしょうがねえな」

ついとイシュトヴァーンは目をそらした。にがい顔でいう。

「まあ、俺も、とにかくいっときしぼりあげて、それぎりさかさにしてふっても何も出ねえ、ってことになられちゃ困るから、掠奪をとめてやったんだ、それもわかってるんだろ？」

「それについては、本当に感謝しています。イシュト——イシュトヴァーン陛下」

旧知の親しみを呼び覚ますために「イシュト」と親しげに呼びかけるほうがいいのか、それとも、きちんといまの彼の地位を尊重してやったほうがいいのか——それも、ヨナには、いまひとつ不安だった。

「でも、マルガは……かくしだてや、ご親切を拒否するような態度をとっているのではなくて、本当に——本当にもう、何もないんです。限界なのです。……そうでなくても、もうマルガ自体が——神聖パロ政府の兵士たちでさえ、そろそろ養えない、限界だから、早くカレニアに引き上げなくてはという話がしきりと出ていた頃合いだったのですから……」

「わかってるよ」

イシュトヴァーンはむっつりという。テーブルの上に、火酒のつぼが出しはなしになっている。この人は、なんと荒れてすさんでしまったのだろう——ヨナはそっと目をふせた。

「じゃあ、どうしろってんだ？　俺たちを、カレニアが養ってくれるってか？」

「カレニア……は無理だと思います……カレニア騎士団は、カレニア伯ローリウス卿以下、昨日の戦いでほぼ壊滅したのですから……いまのカレニアにとっては、ゴーラ軍は……」

「憎んでもあまりあるかたきだってか。だがこれはいくさだ、そうだろ？」

「その……そのとおりです。イシュト」

ヨナは、くちびるをかみ、のどまで出かかったことばをのみこんだ。ヨナの思いのなかでは、このような、何の前触れもなく、一応同盟者であったはずの相手を裏切っての奇襲は、ただのいくさとはとうてい云えなかったのだが。

「でも……マルガは陥落しましたが……だからといって、カレニアは陥落したわけでは……ありませんし。サラミスにせよ……むしろ、かれらは……なんとかして、イシュトヴァーンどのと、交渉に入りたいという意図を持っていると思います。……なんでしたら確認していただいても……私が手紙を書いて使者をよこさせてもけっこうですが……」

「交渉」

イシュトヴァーンはじだらくに長くなっていたソファの上から、肘をついてぐいと身をおこした。

「何の交渉だ」

「どのような……代償を支払ってでも、神聖パロ王国初代国王、アルド・ナリス陛下をお返しいただくための交渉を……」

「ふ……」

イシュトヴァーンは、何を思ったか、手をのばして乱暴に火酒のつぼをとり、大きくひと飲みする。ふーっと、大きく息をついて、つぼをがたんとテーブルの上に荒々しくおいた。

「ナリスさまを返せだと」

あざけるような目がヨナを冷たく見つめた。

「何を、代償としてというんだ？　いまの神聖パロに、ナリスさまとひきかえにできる、何があるというんだ」

「それを……交渉させていただきたいと思います……」

ヨナは口ごもった。イシュトヴァーンはいっそう冷たい目でかつての幼な馴染み——おのれにごく短いあいだ、チチアの丘の上で読み書きを教えてくれた怜悧な少年を見つめた。

「交渉したって無駄だろう。お前たちはもう何も持ってない。現に首都と称するマルガで、たかが三万の軍勢を養う食料さえも持ってない。何をいったい、支払えるっていうんだ」

「あなたは……あなたは、身代金欲しさにマルガを陥とし、ナリスさまをとらえたというんですか!」

　こらえかねた、というようにヨナの声が珍しく高まった。イシュトヴァーンは冷ややかに笑った。

「かもしれんし、そうでないかもしれん。そんなことは、お前の知ったことじゃねえ」

「それでは、話し合いにもなんにもならない」

　ヨナはまたくちびるをかんだ。青白い頰がいつにもまして青ざめていた。

「マルガはあなたの奇襲のために、莫大な犠牲を払いました。……あなたは、何のまえぶれも予告もなく同盟の盟約を破り、マルガを助けるための訪れと見せかけてマルガを裏切って攻め落とした。……何のためです。イシュトヴァーン、あなたは、何を望んでいるんです」

「さあ、何だろうな」

　かたわらで、じっとやりとりをきいていたマルコは思わず顔をあげてイシュトヴァーンを見た。

　イシュトヴァーンの浅黒い顔は、ヨナに劣らぬくらい、血の気がなかった。だがそれは、ヨナと同じ理由ではなかったが。

「何をお望みなのか……それしだいでは、交渉の余地はありましょう。でも、このままでは——何故なんです。ナリスさまの使者がこなかったから、とあなたは云われた。だがナリスさまは、使者を出したとおっしゃってます……」

「奴が嘘をついてるんだ」

イシュトヴァーンはさらに顔をひきつらせて言い切った。

「俺んとこにゃ、使者なんざ、ついちゃいねえ」

「だから……マルガをせめ滅ぼしたと云うんですか。——私たちは何回となく、この上もなく真剣に、ゴーラ軍の到着にどう対処すべきか話し合ってきました。その結果がまもなく出ようとしていたのに——なぜあなたは、こんな……」

「どう対処すべきかだと。……迷惑なゴーラの援軍が勝手に押し掛けてきたけど、どうやってごまかして追っ払ったらいいのか、ってかよ」

「イシュト——！」

「陛下といえ」

イシュトヴァーンは怒鳴った。ヨナは青ざめた。

「申し訳ありません。ゴーラ王イシュトヴァーン陛下」

「俺にはわかってたんだぞ」

イシュトヴァーンは、すべての自制心を失ったかのように、さらに声を荒らげた。

「お前らが、ゴーラと手を結ぶのを、やばいと思ってたってことぐらいはな。お前らは

——最初は、まるでゴーラの援軍が有り難いみたいに——ともに手をとって中原に覇をとなえようという、俺の申し出に喜んでのったように見せかけた。だが、内心では……俺が本当にそうするだろうとはちょっとも思っちゃいなかったんだ。……そうして、ケイロニアが動きだししだい、たちまちそっちをとって、俺を——ゴーラ軍をお払い箱にしようとたくらみやがった。……だから、何回こちらが使者を出してもいっこうに返事もよこさなかったんだろうが」

「出した、と云っているではありませんか！」

ヨナはさらに蒼白になった。

「なにものかが、妨害してあなたと神聖パロの接触をはばもうとしたのだとすれば、それは——」

「そうかもしれねえし、そうじゃねえのかもしれねえ。使者なんか、いなかったのかもしれねえし、本当に、ナリスさまは使者を出したけど、何者かにバラされて俺のとこへは届かなかったのかもしれねえ」

イシュトヴァーンは凄惨な微笑をうかべた。

「もう、そんなこたあどうだっていい。——問題は、お前らが、ケイロニア軍をひきいれ、そちらにはリンダ王妃まで送り込んで、なんとしてでも味方につけようとした、ってことだ。……お前らは、はなっから、グインさえ動けば俺なんかに用はなかったんだ。

一番うまくして、俺はそれまでのつなぎ——グインがあらわれ、動き出すまでのつなぎにしか思ってやがらなかったんだ。そうだろうッ」

「そんなことはありません！　それはあなたのかんぐりすぎというものです！」

「かんぐりすぎだとう」

イシュトヴァーンはいきなり立ち上がった。

「よく、しらじらしくそういうことが云えるな。……じゃあ、お前らは、もし先にグインがきたとしても俺に対すると同じ態度をとったというのか。のらりくらりと言い抜けながらあわてふためいて会議をして、どうやってごまかすか相談をして——ナリスさまは使者なんか出しちゃいなかったんだ。そうじゃねえのか。そうなんだろう。お前らは、俺が、ゴーラ軍が邪魔だったんだ。スカール軍をけしかけたんだって、お前らなんじゃねえのか」

「何をいうんですか！　それはあまりにも邪推というものだ！」

「邪推がきいて呆れらあ」

イシュトヴァーンは怒鳴った。

「俺は誰にも邪魔になんかされねえぞ。俺は、自分のゆきたいところにゆき、やりたいことをし、欲しいものをとる——ナリスさまを返す交渉だと。そんなものは存在しねえ。どんな条件と引き替えだろうとナリスさまは返すことはねえ。俺はまもなくマルガをたつ。マルガの食料のことなんざ、そんなにつべこべ心配することあねえよ。ありったけのものを食い尽くしたらとっと出ていってやる。それよりか、そのあとのマルガの連中の身のふりかたでも心配するんだな。連れてゆくのはナリスさまひとりだ——他のものは、みんな置いてゆくか——それがいやなら皆殺しだ、わかったか」

「なんですって……」

ヨナは思わず、椅子の背もたれにぐったりともたれかかった。

「あなたの——あなたのいうことはあまりにも……あまりにも無茶苦茶だ、イシュトー！」

「何が無茶苦茶だ。失礼なことをいうな」

「これは……これは、赤い街道の盗賊団がどこかの辺境の町にしたことじゃないんですよ。……これは、れっきとした——中原の大国が、もうひとつの大国の内紛に介入してきて……そしてやったことなんですよ——それによって国家どうしのかかわりも——中原の勢力図もいちいち大幅に変動するような……それが、わかっているんですか。……もう、いまは神話の戦国時代じゃない、まがりなりにも文明が成立し——法というものも、外交も……国際的な条約や盟約も存在する……そういう時代なんですよ。あなたは……あなたは、世界じゅうから孤立するつもりなんですか、ゴーラ王陛下！」

「うるせえ」

イシュトヴァーンはけわしくヨナをにらみつけた。

「きさまなんかに説教される覚えはねえ。俺はやりたいようにやる、それだけだ。はかに何がある——俺は、やりたいことしかやらねえんだ。誰にも、とめられやしねえ——止められるものなら止めてみろ。このマルガの運命が、俺にさからうとどうなるかの証明だ。わかったか」

「あなたは……自分が何をしようとしているか、わかっているんですか」

ヨナはうめくようにいった。激昂よりも、驚愕と——そして激しい懸念とあわれみとが、その胸につきあげてきたかのようだった。

「あなたはもう——たとえどのようにしてであれ、ゴーラ王になってしまったんですよ……ゴーラという国をたて、たとえ力づくで奪いとったものであるにせよ……そこの王として、いまや中原の一角に確かに王国を支配するにいたっているんでしょう。……もう、あなたは赤い街道の盗賊だったときのように、やりたいことをただすればいいというわけにはゆかないんですよ……王であることの責任や……あなたについてきている兵士たちへの義務や……諸外国との関係を修復することや……何もかもが、あなたの王としての仕事として……かかってきているんですよ、あなたの肩に！」

「うるせえな」

ふしぎなことに、ヨナのそのことばは、イシュトヴァーンの怒りよりも、奇妙な嘲笑を誘ったようだった。イシュトヴァーンは、うす笑いしながらまた火酒のつぼに手をのばした。

「そんなものはみんな——力のねえ奴のいいぐさなんだよ。……力のあるやつには、誰もかなわねえ……だから、マルガは落ちたんだ。それとも、何か、ヨナ——そんなことをいうんなら——そんだけ口はばったいことをいうならヨナ、お前が俺の参謀になって、ゴーラ軍の精鋭をひきいて俺が中原の天下取りをする手伝いをしてみるか？　だったら、きいてやらんでもないぜ、お前のそういう忠告だか差し出口もな——俺にはべつだん何の義務も責任もねえ。俺についてくるやつらにはいい目をみせてやる。そうでないやつ、俺にキバをむいたり恩知らずな態度をとるやつには、目にもの見せてやる。それだけだ。赤い街道の盗賊流とでもなんとでもいうがいいや。確かに俺はそれだけのものなんだからな。……だが、じゃあ、偉そうにそういってるお前らはいったい何ができたよ？　パロの国に正義をおこなうのどうのと、お志だけは高くブチあげたが、その実態はどうなんだ。せいぜい、こうやってあちこち逃げ歩いた揚句に、これだけの戦いであっという間に落とされるていどのささやかな王様ごっこをしただけのことじゃねえのか？　力だよ——この世じゃ、力がすべてなんだ。正義てのは、力なんだ。力が正義なんだ——盗賊だろうが、野盗だろうが、力がありゃ、中原すべての帝王になれる。俺は——俺はただ、そのことを力づくで証明してやるだけさ。俺はそのために生まれてきた。それが俺の使命で——だから、俺は、やるだけのことをやってやるんだ。はばめるものならはばんだがいい。力のねえほうが負ける、これがただのおきてなんだから、俺が負けたらそりゃあただ俺が力がなかっただけなのさ。喜んで、それを認めてくたばってやらあ。だが俺のほうが力があれば——どんな無理だって無体だって通すことができる。どんなことだってな」

「ひとの——」

ヨナは叫んだ。

「ひとの心は力づくではどうにもなりませんよ、イシュト！　そんなことさえわからなくなってしまったんですか。あなたは——あなたはいったい、どんな悪魔にとりつかれてしまったんですか。力さえあればなんでもできるなんて——そんな、あさはかな、そんな愚かしい、そんな目さきばかりの……」

「ほう」

イシュトヴァーンの目がぎらりと光った。

「あさはかで、愚かしくて、目さきばかりの、なんだ？　目先の利害のことしか考えねえ、か？　相変わらず学者先生はいうことがお偉いや——昔っから、てめえはそうだったよな、ヨナ公。お利口で、なんでもわかってて、偉そうなことをいうくせに、力づくでかかられると、あんなカンドスなんて下司野郎にさえ、どうすることもできなくて、ぴいぴい泣いてることしかできなかったよな。……でもって、いつだってさいごには俺が助けてやってたんじゃねえか。いったい、何回、俺はお前のためにからだを張ってやったと思ってるんだ？」

「それは……それは……有難かったと思うけれど、でも……それとこれとは別です、イシュト——」

「どう別だ？」

イシュトヴァーンの手が、ぐいとのびて、ヨナのむなぐらをひっつかんで、ヨナを軽軽とつりあげた。

「どう違うってんだよ。え、ヨナ公？」

2

「ぐ……」

ヨナは苦しそうに、イシュトヴァーンの手に手をかけて、手をはなさせようとしたが、イシュトヴァーンはまるきり虫《チーチー》がとまったほどにも感じぬようすだった。

マルコはちょっとはらはらして腰をうかせた。が、またそのままためらいながら腰をおとした。イシュトヴァーンの機嫌のいろいろな起伏をずっと見てきて、馴れているマルコにとっては、いまのイシュトヴァーンの表情が、本当の危険な激昂――問答無用で血を流さずにはいられぬような、狂気の発作とはまったくほど遠いこともわかっていたのだ。

「どうなんだ、参謀長どの？　そんなに、お偉い、なんでもわかってるおえらがたなんだったら、俺の力に、対抗できるだけのなんかがあるはずだろ？　そうなんじゃねえのか……それだけ口はばったいことをいうからにはよ。……なあ、チチアで、お前があの助平のカンドス伯爵に何をされようとしてたか、それを俺が助けてやったか、そんなのもうお前はお偉いからとっくに忘れちまったのか？　いまもし俺がお前を好きにしようとしたら、お前はいったい何が出来るんだよ、ええ？」

「イシュト！」

吃驚して、ヨナは叫んだ。そして、ようやくつかんでいた襟もとをはなしたイシュトヴァーンの手から逃れて、激しく息をついた。

「あなたは……いったい、どうしてしまったんです？　いったい、なんで——そんなに……そんなに荒れてしまったんですか……ぼくの知ってたイシュトじゃない、なんて云わない……ぼくだってもう、きっとあのころの——あのチチアであなたにいろいろ助けてもらってたころのヨナじゃない……あれから長い年月が流れて、おたがいにいろんなことがあって、いろいろな人と知り合って……前と同じでいたら、それこそ進歩がないということになってしまう……」

「うるせえな、相変わらず」

いくぶん、面白そうにさえ見える表情で、イシュトヴァーンは云った。そして、またどしんとソファに腰をおとした。

「さえずるのだけは前とかわってねえな。ミロク小僧」

「ぼくは……かわらずミロク教徒です」

あえぎながら、ヨナは云った。

「だから……いっそう、あなたのその力の論理が悲しい。……いったい、どうして……そんな暗い道に迷い込んでしまったんです。誰かがあなたに、そんなものが正しいと吹き込んだんですか――？　それとも、何かよくよくつらい目にあったり……おそるべき試練にあわされたりして、それで、ひとを信じるということをもうやめることにしたんですか？　あなたは――あなたは、なんだか、とても不幸そうに見えますよ、イシュト」

「なんだと」

イシュトヴァーンのおもてがけわしくなった。マルコはひやりと身をちぢめる。

「俺が、何だと。よけいなお世話だ、このくそ餓鬼」

「だって、あなたが――マルガを陥落させた勝利の美酒に酔いしれているとはとても思えない。……あなたは、なんだかとても苛々して……とても不安そうで、それに不幸そうに見えますよ、イシュト……昔のあなたもたしかに、力の論理をもう奉じようとはしていたかもしれないけど、でも、あのころは、あなたはもっとずっとやわらかな心と……ひとを信じる気持も、愛する気持も……あたたかな情愛もみんなちゃんと持ち合わせてるように見えた。ぼくはあなたが自分の夢のためにかせいでためたお金をみんなぼくに持たせて、それをパロへの路用にしろといって手に押しつけてくれたときのことをかたときも忘れたことはないんです。――あのときのあなたは本当に……」

「うるせえな」

獰猛に笑いながらイシュトヴァーンが云った。そしてまた火酒を大きくあおった。

「そんなのは、餓鬼だったんだよ。それだけのことさ」

「そうじゃない。ぼくは……あなたがどんなに献身的に、肉親でもなんでもないぼくのためにいのちをかけてぼくを助けてくれたかも覚えてるし――あのとき、どんなにぼくがあなたを好きだったか――どんなに、素晴らしい人だと思っていたか……あのときのほうがでも、きっとあなたは全然弱くて……世界にとってなにものでもなかったと思うけれど、きっといまよりずっと幸せだったはず……イシュト！」

イシュトヴァーンが、いきなり、手近にあった文鎮をひっつかんで、ヨナの真横めがけて投げつけたのだった。

重たい鉄の文鎮はヨナの横びんをかすめるようにして、うしろの壁に激突し、美しい壁に穴をあけて床におち、ひどい音をたてた。あわてて小姓が飛び込んでこようとするのをマルコが急いでおしとどめた。

「なんでもないんだ。なんでも」

「昔の話をしてごまかそうとしたって無駄だ」

イシュトヴァーンは怒鳴った。またふたたび、そのおもてには、びりびりと癇筋が走り、どうしようもなくけわしいものがあらわれてきていた。

「お前はそうやって俺をまるめこもうとしてんだな。まったく、お前もパロ流をずいぶんとしこたま覚えこんだもんじゃねえか、ちび、ええ？　そいつを、お前のさげすむ力の論理とやらで、この場で木っ端微塵にしてやろうか？　お前をあっちの部屋にひきずってって、俺のいうなりにさせてやろうか、ええ？」

「そんなことをして気が済むんですか、イシュト」

ヨナはひるまなかった。

「あなたのしたいのはそんなことじゃなかったはずだ。……よしんば中原を力で制圧したいと——中原をすべておのれの手のうちにおさめたいとしんそこ願っていたところで——いまのあなたのしていることは、その願いのためにだって、ただそれを妨害しているとしか見えませんよ」

「何だと。この小賢しい悪魔め」

「もしも本当に、力で中原を支配したいと思っているのなら……今、マルガを落として……そしていたずらにこんな場所でたった三万の兵をひきいて孤立して……ほどもなく、四方八方から攻められたとき、どうやってそれに対して力で反攻するつもりなんですか？……あなたには、ユラニアから援軍がやってくるあてはないんでしょう？　それを呼び寄せてしまったら、ユラニアでのあなたの王国もまたあやうくなるんじゃないんですか」

「何……だと」

「このままここにいれば、グイン軍もまたカレニアの残党、サフミス軍、そしてカラヴィア騎士団とも連絡をとってゴーラ侵略軍の包囲攻撃に南下してくるでしょうし——そのうちにレムス軍だって到着する。それに対して、三万の軍であなたはどうするつもりなのか——さらに、思わぬ伏兵としてたえずあなたはスカール軍の存在をおそれているんでしょう。……だからこそ、あなたはそんなに急いでマルガを立ち去ろうとしているのでしょう?」

「…………」

「いまのままじゃ、ただマルガを落としたのはあなたの気まぐれ——というより、ナリスさまがあなたのゴーラ軍の援軍よりも、ケイロニア軍をあてにしたことへのただの腹いせ以外のものじゃないじゃありませんか。……事実そうなのかもしれませんけれど、でも、その腹いせを果たしただけで、そのためにあなたのその中原に覇をとなえたい野望がこのマルガで八方から攻め立てられて終わるなんて、そんなのはあなたの本当に望んでいたこととはとてもぼくには思えない。あなたはいくらなんでも、そこまでめちゃくちゃな人じゃなかったはずです、イシュト——イシュトヴァーン」

「…………」

「それとも、何かが——ナリスさまへの怒りなのか、それとも何かわからないけど、何かがあなたを動かして、そんなところへあなたを追いこんでしまったんですか？　あなたは、マルガを落としてどうするつもりだったんです。……レムス軍と結んで、ゴーラとレムス・パロを同盟させるつもりなら……先にレムス側と話をつけて、レムス軍にうしろだてになってもらい、援軍を要請し——グイン軍がマルガ奪還に攻め寄せてきてもそれを受けてたてる体制を作るのが当然というものでしょう。……あなたは、レムス王と手を結ぶおつもりですか？」

「そんなことは、お前の知ったことじゃねえ」

「ええ、もちろん。でも、本当は、あのチチアのきずなさえなければ——ぼくにはあなたがそうやって、おのれのしたことで追いつめられてゆくほうが都合がいいんですよ。……マルガという、いうなれば袋小路に攻め込んで、そこに入り込んでしまったからには、あなたの切り札はいまや、ナリスさまを人質にとっている、ということだけでしょう——でも、それは、レムス軍には通じない。レムス王はナリスさまを生かしておきたいなんて望んでいない、ナリスさまのことは、レムス王は一刻も早く地上から抹殺したいというほど憎んでいる。グイン軍やサラミス軍、カラヴィア軍にたいしては、ナリスさまを人質にとっているのは切り札にも、交渉用の道具にもなるでしょうが、レムス軍にはならない、レムス軍は、あなたに同盟を迫ってきて、あなたが拒否すれば、ナリスさまごと、マルガにこんどはゴーラ軍を攻めて、掃討するだけでしょう」

「ゴーラ軍を掃討する、だと。レムス軍がか」

イシュトヴァーンは嘲笑った。

「あの弱っちくてどうしようもねえ軍勢がか。いかに雪隠詰めだろうがこのイシュトヴァーンさまがひきいるゴーラ軍はなあ、あんな弱っぴりの軍勢にしてやられるほど弱かねえぞ。たとえ、あっちが十万でこっちが三万、いやあっちが二十万いたって、屁でもねえや」

「でも、レムス軍だけじゃないかもしれない」

ヨナのことばをきいて、イシュトヴァーンはぎくっとしたように目をするどく細めた。

「なんだと」

「私たちは――私とナリスさまは、レムス軍はそのうしろにキタイという非常に大きなうしろだてを持っている、と考えています。……だからこそ、万事において、動きにきわめて慎重ならざるをえないと考えていたのだし――キタイがその本性をあらわして、中原に本格的に乗り出してくることになれば、レムス・パロなどただのその尖兵にすぎなくなってしまうと思っている。だからこそ、こういう反乱をあえておこしたのだし――だからこそ、いまこそ、キタイの脅威に対して、中原の全強国が手をむすばなくてはかなわないと感じています。……一番恐れているのは、レムス・パロを橋頭堡として、キタイが中原に徐々に侵略してきて、そして最終的には、キタイからの遠征軍が中原のなかで一大勢力となることなのですから。そうならぬようにわれわれはあらゆる手だてをつくしてきたのだし、グイン軍にも、またゴーラ軍にも、その観点から大同団結してキタイ軍とその手先たるレムス軍にあたりたい、というのが私たちの終始一致して出していた要請だった。このことについての書状はごらんになっていないとは云わせませんよ、イシュト。これまでに何回となく、我々はそれを使者にたくして送っている。……それは私が代筆したものも多々あるし、それに対してゴーラから返書がきたことも何回かあるはずです」

「……………」

「あなたは、レムス・パロと結ぶつもりでこの奇襲をおこしたんですか？」

「おい」

イシュトヴァーンは怒鳴った。

「お前は、なんか勘違いしてんじゃねえのか。なんで、俺が、お前如きに問いつめられなくちゃならねえんだ。――お前は、俺に征服された神聖パロのただの参謀長にすぎないんだぞ」

「ええ、もちろん。でも、またぼくは本当にあなたのことを案じている、あなたに恩をうけたヴァラキアのヨナでもあるんですよ」

ヨナは激しい目でイシュトヴァーンを見つめた。

「ねえ、イシュト——あなたはとても変わってしまった——でも、もしかしたら、ある部分は全然変わってないのかもしれない。昔から、あなたは……こういったら失礼だけれど、自分がかっとなってしてしまったことに、あとからひそかに後悔しながら、それをおもてに出せなくてそのままどんどんそちらの方向に突っ走ってしまったり——白分のしたことが間違っていたと認めるのがいやさに、かえってどんどん悪いほうへ意地になって向かっていったり……していたじゃありませんか。……あんな短いあいだでも、ものごとを教えるっていうのはねえ、イシュト、一番よく、あいての気性がわかる方法なんですよ」

「何でもかでも、見透かしたようなことをいうんじゃねえ、このガキ」

イシュトヴァーンは怒った。が、それもまた、マルコがひそかに思ったように、確かにヨナというこの青年は、イシュトヴァーンにとってはまったく特別の——あるいは別格の存在だったのだ。あるいはそれはただ、まだ、彼がいまのようでなくなる前に、やわらかい若い魂のうちに結んだ絆であったから、というだけだったのかもしれなかったが。もしもヨナ以外の人間がこのようなことを彼にむかっていったとしたら、三言とは云わせずに、イシュトヴァーンの大剣がさやばしっていただろうし、でなくとも少なくとも鉄拳はとんでいただろう。だが、イシュトヴァーンは、いちいち痛いところをつかれたり、耳に痛いことをいわれてかっとなりながらも、ヨナに暴力をふるうようすはなかったし、ヨナのことばは案外に、イシュトヴァーンの胸のなかに的確に何かを突き刺しているようにマルコには見えた。

「もしそうなんだとしたら……幼な馴染みとして、いや、あなたに恩を受けた身として、ぼくはあなたに云いたいんだ――いや、云わなくてはならない、たとえ怒りをかっても。……あなたは知らない。あなたは、レムスと結ぶというのがどんな危険なことだか知らないんだ。あるいは想像もついてないのかもしれない。レムス軍のうしろにはキタイ帝国がある――そして、キタイが中原に侵攻してくれば、いまあなたがレムスと結んでこの場を切り抜けようとも、あなたも無事ですむわけはない。ゴーラだって、キタイの侵略の対象であることをまぬがれない。……相手は、この中原全土をあわせたよりも広大な、しかもえたいの知れぬ魔道王国なんですよ。いくつもの証拠が、キタイ王がおそるべき黒魔道をもって中原に暗黒の王国を築きあげようとたくらんでいる、ということを明らかにしている。……そしてレムス王のパロは、そのキタイにそうやって支配されてしまった国がどうなるか、という、もっともいい見本なんです。……それを、ゴーラが身をもって知ってからではもう遅い、遅いんですよ、イシュトヴァーン！」

「………」

イシュトヴァーンは、ヨナをにらみつけた。

そして、何か言おうとしたが、何をどういっていいかわからぬように、大きく肩で息をついたばかりであった。

ヨナはじっとそのイシュトヴァーンを見つめた。

「ね、イシュト」

うってかわった優しい声であった。

「ぼくは、たぶん……いまあなたのまわりにいる誰よりも……本当のあなた、昔のあなた——チチアにいたころの、チチアの王子と呼ばれて……一番生き生きしてかわいらしくて……格好のよかったころのあなたを知ってる人間です。……だからこそ、あなたがこんなに荒れて、すさんで——殺人鬼のように云われているのをきくのはぼくには白分の身を切るようにつらい。……あれから本当にいろいろなことがあったけれど、ぼくはあの早春のチチアの日々を忘れていないし、心からあなたの恩義を大事に思っているし——あなたと本当はこんなふうでなく再会したいと、自分から頼んで、あなたのこの奇襲がなければもうあと一日か二日のうちにはあなたの本陣に使者としてたつところだったんです。これは誰に——神聖パロの政府の誰にきいてもらってもいい。ぼくは、あなたに会って、あなたの本意を確かめたかった。そしてナリスさまの本当のお気持ちをあなたに伝えたかった。ねえ、イシュト、ナリスさまは、あなたがユラニアをほろぼし、ゴーラ王を僭称し——世界じゅうから決して正規の王国として認めないといわれているそのさなかでも、それでも、あなたを運命共同体とお呼びになろうと決められたんですよ……」

「ナリスさまの――」

イシュトヴァーンの声が、ふいに奇妙にかすれた。

「本当の気持ち……？」

「そうですよ。イシュト」

ヨナはいっそうしずかにいった。

「ナリスさまは誇り高く誠実なおかたです。……はっきりいいますけれど、陛下の周辺はみな、ゴーラと結ぶことに大反対でした。……ことに、スカール殿下は、ナリスさまがゴーラと結んだ、ということで、激怒して、わが陣営から去っていかれたほどに、激昂されたんです。……ナリスさまが、ゴーラを盟邦とした、ということで。――だけど、ナリスさまは、あえてスカール殿下が去ってゆくままにされた。……スカールさまをひきとめる手段は簡単だったんですよ。あなたとのきずなを切り捨て、ゴーラとは結ばない、ゴーラの援助は決して借りない、とスカールさまに誓えばそれでよかったんだ。……でも、ナリスさまはそうなさらなかった。でもあのかたには、神聖パロ国王としてのお立場がおありになる。おまけに、ご存じのとおりのおからだです。あなたのように――俺がやれといったらやるんだ、というような無茶はできない。あのかたのあのおからだの状態では、われわれ重臣たちの合意をうけなくては何もお出来にならないのですから。……だから、ナリスさまは、おもてだって、スカールさまもケイロニアもクムもほかのどこそこも——中原諸国から、神聖パロへの同情と援助をすべて失わせかねないような、そんな危険をおかすことはお出来にならなかった。だから、あなたが三万の兵をひきつれてパロ領内に入ってきたとき、それを積極的に歓迎するような態度はおとりになれなかった。でも、ナリスさまは、ずっと、あなたとあなたの軍を拒否し、はっきりとその援助をはねつけることをなさりかねていた——そのためにスカールさまの軍を失ってしまうほど、ナリスさまは追いつめられていらした。……だから、それをどうやって、八方まるくおさまるように解決しようかと、ナリスさまも、その側近たるわれわれも——あれほど苦労していたんですよ……すべてはっきり正直にいいますけれど、いまのマルガは結局あなたの二万の軍勢でもあっさりと落とされてしまうほどに弱体だった。だからこそ、グイン王の軍も、スカール殿下の軍も、本当はどうしても失うわけにゆかなかった。……あなたは、ゴーラ軍がきてやったのに、それでいいではないかとおっしゃるかもしれないけれど、ケイロニアの助力も、草原の助力も——我々には本当にどうしても欲しいものだった。だからってそれは……ゴーラの助力は必要ない、ということじゃない。……白か黒かだけでものごとがすむのは、野盗だけですよ、イシュト——赤い街道の盗賊ならば、気にいらなければあっさり叩き斬ったり、欲しいものはみなその手でつかみとって、ものごとが終わるのかもしれないけれど、われわれは——そうじゃない……まして、ゴーラはもともと、モンゴール大公の軍を母体にして生まれてきた……モンゴールとパロに過去にどのような戦争があったか、いきさつがあったか、それがすべての悲劇のみなもととなったか、あなただってご存じでしょう、イシュト？　ああして、レムス王やリンダ陛下とともに旅をしてこられたんだから。……だったら、その、かつておのれの国に侵略し、奇襲をかけ、ほろぼし、いっときとはいえ占領下において悲惨な奴隷の運命をたどらせ、先代の国王夫妻を惨殺したモンゴールの軍勢――それが発展したゴーラ軍にたいして、ナリスさまの臣下の一本気な武将たちが、どんなに疑いと反発と拒否の目をむけるか、そのくらいは、あなたにだって想像がつくでしょう？――それでも、ナリスさまはあなたと結ぼうとなさったんですよ。そして、そのために、ゆっくり、時間をかけてまわりのものを説得し、あなたを皆が受け入れられるように運ぼうとなさっていた――そしてぼくも、あなたのもとにおもむいて、そのナリスさまの真意をあなたになんとかしてちゃんと伝えようと思っていた――イシュトヴァーン！」

「………」

「あなたさえ――もうちょっとナリスさまを信じていてくれれば――もうほんのちょっとのあいだだけ……待っていてくれたら、ぼくが使者としてあなたのもとに訪れるのさえ待っていてくれたら――こんな悲劇にもならなかったし――そして、あなただって、こんなふうに、おのれがかっとなってしたことの後始末に悩まないでもすんだのに……

あなたって人は、まったく……あのときから、変わってないんだね、イシュト――気短かで、かっとなるとあとさきかまわずで……だけど、本当はすぐ後悔して……」

「…………うるせえな」

イシュトヴァーンはつぶやくようにいった。その声は、マルコがこのしばらくでさいたイシュトヴァーンの声のなかで、一番弱々しく――だが奇妙なことに、いちばん、やわらいできこえた。

「うるせえんだよ。お前にいくさの何がわかる。ちび」

「ぼくはもう……あのチチアの、十二歳のちびじゃあないんだよ、イシュト」

ヨナは優しく云った。

「ぼくは勉強して……いろいろなことがずいぶんわかるようになった。……ねえ、イシュト、やってしまったことはしかたがない――そんなことをいったらマルガの人々にも、亡くなった武将たちにも本当に裏切りと思われかねないようなことをぼくは口にしているけれど……でも、ぼくはやはり、ヴァラキアの――イシュトの同郷の、そしてイシュトのおかげでパロにやってきた人間なのだから……ねえ、ほんのちょっとふみとどまってくれていたら、マルガは救われていたし……あなたももっとずっと、立場はたやすいものになっていたのにと痛切にくやむけれど、でもそれはもう起こってしまったことでしかたがない。でもせめて――せめて、これからのことだけは、もうちょっと、意地にならないで考えてくれない？　やってしまったことを責められると思うと、きっとあなたはいっそう意固地になると思うけれど……でもそうしたら、悲劇の上にただいたずらに悲劇を塗り重ねてゆくだけのことになってしまう。……ぼくは、いまこのときに自分がここにいることができて本当によかったと——これがヤーンのお導きというものだったと思っているんだよ。これはミロク教徒としては本当は異端者の言いぐさになってしまうんだけど。——ぼくはもしかしたら、このとき、こうして、ここにいて、あなたとナリスさまのあいだになんとかして気持を通じさせ、どちらも自分からは決して折れることのない人たちになんとか、もうこれ以上の悲しいことが起きないようにつくすために、生まれてきたのかもしれないとさえ思うんだよ。イシュト……」

じゅんじゅんと説くヨナのことばをきくうちに——

しだいに、イシュトヴァーンの目から、荒れすさんだ光が消えてゆくのを、マルコは、まるで魔道を見るような思いで見つめていた。

イシュトヴァーンはだが、ふいに、まるでおのれの内にわきおこった激しい何かの感情にたえきれなくなったかのように立ち上がった。

「もういい」

イシュトヴァーンは荒々しく——だがさっきにくらべればずっとその勢いは弱々しかった——云った。

「また、あとで話をつけにこい。俺は——俺はまだほかにやることがたんとある。お前のばか話だけをきいて時間を無駄につぶしてるわけにはゆかねえんだッ。この……このおしゃべりのミロク教徒のちびめ」

そのまま、イシュトヴァーンは、まるで、おのれがこのままここにいたら何を口走るかわからないのを恐れるかのように、室を出ていってしまった。

ヨナは青白い顔に、かすかな微笑みをうかべてその後ろ姿をじっと見送った。

3

夜がおとずれても、マルガは依然として、恐しいほどにしずかであった。

ただ、ゴーラ兵たちだけが、隊列を組んで歩き回り、命じられたようにあたりを取り片付けたり、見回りをしたり、忠実に任務を果たしている。夜が落ちてきても、マルガの市街にはほとんど灯火は見えず、また、リリア湖に、夜釣りの漁師のいさり火が見えるあの独特の風物詩もくりひろげられることはなかった。まるで、あまりに多くの死と犠牲をいたんで町全体、湖もともに涙にくれ、喪に服しているかのように、重たい雲がリリア湖をとざし、ひっそりとマルガはしずまっていた。

ゴーラ兵のぶこつなすがたが、美しい、だが傷ついたマルガ離宮のなかを不似合いなぶこつさで通り過ぎてゆく。もう、神聖パロのものたちはすっかりひきこもってしまって、誰ひとり、回廊にすがたをあらわすものもない。

その、夜のなかで——

マルガ離宮のもっとも奥まった、ナリスの居室としてパロの残党がかためることを許された寝室まわりだけが、ほのかなあかりを、分厚いびろうどのカーテンのかげからちらちらと洩らしていた。

窓の前には、小姓たちがずっと見張り番をつとめ、そして、それはゴーラ軍には知るすべもないことであったが、ひそかに、ナリスづきの魔道師たちが結界を張っている。ゴーラ軍に疑われることのないよう気をつけながら、寝室の外側にひそかにはりめぐらされた結界のあるあいだは、たとえキタイの黒魔道といえど、それほど簡単には寝室にだけは近づけない。結界とは、張り巡らす対象が狭くなればなるほど強力にできるからである。

（ナリスさま……）

ロルカの心話が、ナリスのもとに届けられてきたのは、ひっそりと、まだ深夜には間があるけれどもまるですべてが寝静まったか、それともすっかり死にたえてしまったかのようにさえ思われる沈黙と静寂がマルガ離宮をおおっていたころあいであった。

（ロルカか……？）

（はい。……お待たせいたしました。ヴァレリウス宰相からの中継を……）

（中継？……直接には無理なのか？　ヴァレリウスと心話をかわすのは……）

（ヴァレリウス魔道師は……いえ、宰相は、最近、おのれの念波のかたちがキタイ側に記憶されていることを懸念しておいでで……とりあえず私が中継いたしまして……邪魔が入らぬようでしたら、直接に……)

(わかった)

(——ナリスさま)

あいだにロルカたちの思念が中継してはいても、誰よりもナリスのまちわびていた、ヴァレリウスの心話が、ナリスの脳に流れ入ってくる。ナリスは寝室のベッドの上で、じっと目をとじたまま、それを受け止めた。

(ナリスさま……よくぞ……ご無事で……)

(あまり、無事とはいえないが……とりあえず生きているよ。これでいいか……お前との約束は、破らなかったよ、ヴァレリウス……)

(有難うございます。……心から……このヴァレリウス、心からお礼を……)

(だが、それも……このままいつまでもつかわからぬ。万一このさいごのさいごの切札をも奪われてしまうとしたら、私は……くやんでもくやみきれぬことになる。……そう考えれば、いまのうちに、私というものさえいなくなれば、ゴーラもまた大きな切り札を失うのだと……私がいなければ、グイン軍も心おきなくマルガを奪還のためのいくさをおこせるかと思うのだが……)

(それにつきまして……)

あふれる思いを、あえてとじこめるように、ヴァレリウスの念波は淡々と流れこんでくる。

(私ども——リンダ陛下と、私とで……ご相談いたしましたけっか……何があろうとも、ナリスさまを奪還せねばならぬという……それだけはもう、どのような犠牲を払おうとも——神聖パロ王国は、すなわち、ナリスさまあってのものでございますから……)

(私が退位して……リンダが即位するという方法もあるよ)

(それはまた、のちのちのご相談ということで……現在、サラミスとのあいだを何回か往復いたしまして……ナリスさま)

(ああ)

(すでに、グイン王ひきいるケイロニア軍はサラミスを出立、あすあさって中には、マルガ圏内に到着いたします)

(おお)

ナリスのまぶたがびくりと動いた。

はたから見れば眠っているように見えるかもしれぬ。……だが、ナリスの脳のなかには、はるかな念波が脈々と流れ入っている。

(それは……まことか)

(はい。……リンダ陛下の慫慂にこころよく応じてくださり——いよいよ、グイン陛下ご自身が先頭にたたれて、ナリスさま奪還のために……ゴーラ軍とことをかまえて下さ

ることを、こころよくご承知下さいました)

(おお……)

ナリスの青白い頬がかすかにあからんだ。

(ついに……)

(ただし……その前に、ナリスさまのお身柄を引き渡し、マルガより撤退せよ、との交渉を——なんといっても、こちらはナリスさまを人質にとられていることでございますから……ナリスさまのおいのちをたてにとられてはいくさにも何にもなりませぬ。……できうれば、ひそかにナリスさまだけ、《閉じた空間》でそこからお救いすることができればとも……魔道師団が協議したのですが……)

(それは、まずいだろう。……ここには私だけではない、ほかに……大勢の私の側近もいるよ……まだ、もしかして、素性は知れていないのかもしれないが、リギアも武装解除されて降伏した騎士団のなかにいるはずだ。マルガ離宮だけでも、神聖パロの兵士たち、近習、侍女、使用人たちがまだ、生き残っているものが何百人もいる……それをおいて私だけ脱出することなどできぬ)

(そう、おっしゃると思いましたし……それは、また……はっきり申し上げて、わが軍の士気と申しますか……信頼関係にもかなりかかわると思います)

(あれだけ忠誠に私のために……いのちをささげて戦ってくれたひとびとを、私は決しておきざりにしてひとりだけ助かるなどということはできないよ、ヴァレリウス。……みなは、そうしてくれとよしんば云ってくれたとしてもだ）

（その、ナリスさまのお心持ちもわかりますし。……ですから、まず……グイン陛下ひきいるケイロニア軍と、そしてボースどのひきいるサラミス騎士団とを背後にして、イシュトヴァーンとの交渉に入ります。……私と、リンダ陛下とが神聖パロを代表しまして）

（リンダが）

（はい。……そして、マルガを包囲し、ゴーラ軍とレムス軍、ないし他の軍隊——ゴーラからの援軍であれ、キタイ軍またはそのほかの部隊であれ、それとの連絡はいっさいとれぬようイシュトヴァーンを孤立させて、強硬なナリスさま返還要求に入るつもりです。……グイン陛下は、ケイロニアに使者を出し、国境で待たせてあった遠征軍の残り部隊と、さらにサルデス騎士団、そしてワルスタット騎士団を増援に呼び寄せてくださることを決定してくださいました。……もしもレムス軍が動き出せば、自由国境から南下してパロに入ってくるこれらのケイロニアの援軍がただちに、そちらにあたってくれるようになります）

（おお。……では、情勢は思ったほど、こちらに一方的に不利、絶望というようなものではないということだな）

(というか……イシュトヴァーンさえ、四囲の状況に気づく知能があれば、おのれがいかに窮地にたっているかについて慄然とするはずですが……レムス軍は人数が多いとはいえ、かなり武力としては劣ります——ましてケイロニア軍に対しては。まあ、魔道の問題はありますが……これまた、非常によいお知らせが)

(というと)

(これは実は、イェライシャから知らせてきてくれたことなのですが……キタイで、かつてない大規模な反乱が勃発しました)

(………)

(キタイではかねがね、ヤンダル・ゾッグの独裁に非常に反発がつよく、各地でたえず反乱が頻発しておりましたが、このたび——しばらく、ヤンダル・ゾッグが中原に目をむけ、お膝元のキタイをあけておりましたあいだに、ついに——どうやら、それらの反乱が、相互に連絡をつけ、一斉蜂起の方向に動きだしたと見られます。……もしかするとそのかげには、例の《暗黒魔道師連合》の暗躍があるのかもしれません。……が、今回の反乱はいつになく大がかりな、広範囲にわたるもので——キタイ特有の土地神の信者たち、キタイにも少数いるミロク教徒、そして、ヤンダル・ゾッグの支配に屈した旧王家の残党たちを指揮者とする反乱軍、そして——たいへん若い、すぐれた指導者としてキタイの若者たちの希望をあつめているリー・リン・レンという若者がひきいる《青星党》と呼ばれる新しい集団がこのところ非常に勢力をのばし――ヤンダル・ゾッグの留守のすきをついて一気にそれに加わる人数が増加して、それら全部をこのリー・リン・レンがとりまとめる動きを開始したようです。……さいごの決め手となるだろうといわれている望星教団は、まだ最終的には動いておりませんが、望星教団もまた、ヤンダルの支配からキタイが脱することを望む一派が主導的となったといううわさで――望星教団の教主ヤン・ゲラールがリー・リン・レンと会談した、といううわさがあるそうです。……このしばらくサラミスにおりまして、私も、キタイにゆかれたことのあるグイン王からキタイの内部事情についてかなりいろいろとうかがいました。……そこにイェライシャの知らせがありましたので、かなり、希望のもてる展開ではないかと思います。――というか、少なくとも、ヤンダル・ゾッグは、これで当分、足もとに火がついた格好で、キタイから動けなくなるのではないかと思いますから……レムス軍をうちやぶるにはいまが逆に、最大の好機です。……ゴーラ軍になど……かまっていられない、といってはは失礼ですが、ゴーラ軍の侵略さえなければ――まことに、これはすばらしい勝機――我々を訪れたはじめての最大の勝機かと思うのです）

（ほう……）

（ですから……グイン王も、まさにいま、ヤンダル・ゾッグの脅威から中原を救い出すために動く、ということに非常に積極的になって下さっておいでです。……増援のことも御自分から申し出られて……リンダ陛下も非常に感激しておられました。……ともかく、このゴーラ軍のことさえなんとかなれば……いまや、完全に形勢逆転できる見込みさえも……）

（そうか……それは……）

（ですから……ますます、ここで何がなんでもナリスさまにご無事でいていただかないことには……我々にも――）

（大丈夫だよ、ヴァレリウス。……なるほど、それでだったのだな――私としては、このような最後の手段でいわばこの寝室にたてこもって、おのれの命だけをたてにとってゴーラ軍になおも抵抗していながらも、非常に気になっていたのは……私のそんな無力な抵抗など、キタイの魔道をもってしたら、まったく何の役にもたたぬだろう、ということだったのだ。……が、ロルカたちに結界を張って貰って、いまのところ、ロルカたちも、何も魔道によるはたらきかけを感じぬ、といっている。それについては、なぜ、ヤンダル・ゾッグの動きが下火になったのだろうと、私はかなり不気味に感じていたのだ。……だが、それは願ってもない――）

（グイン王は、その《青星党》の指導者リー・リン・レンをご存じで、その若者は、生まれながらの指導者であり、彼が無事であるかぎり、こんどの反乱はかなり期待がもてるのではないかと考えておいでです。……そして、望星教団についても――望星教団の教主ヤン・ゲラールは非常に独自の考えをもった不思議な人物だが悪い人間ではなく、中原、いやこの世界の平和と秩序について必ず、正しい答えを出してくれるだろう、とおっしゃっておいでです）

（おお。——グインどのは、望星教団の教主というのも、その反乱軍の指導者もご存じなのだな。……実になんでも知っておいでのおかただな）

（それはもう）

ヴァレリウスの心話に、露骨な感嘆の色合いが加わった。

（グインどのは……本当に、頼もしいおかたです。……ほどもなくグイン軍がマルガ圏内にすがたをあらわします。私もそちらと合流し、リンダさまをおともないして、イシュトヴァーンとの交渉に入るつもりです。……そちらの様子は、ヨナがロルカ経由で知らせてくれていますし……いまのところ、あのような悲劇の奇襲にみまわれたとしては、もっとも、奇跡的なくらいに運がよかった、とさえいうべきではないでしょうか。ただ……）

（ただ——？）

（ひとつどうにも気になるのが——この奇襲のタイミングです。……偶然というには、私がリンダさまと、サラミスにむかって出発した直後……あまりにも、出来すぎていますす。イシュトヴァーンがかなりの情報網を持っていたとしても、彼は魔道師使いではない。とてもこれだけのみごとな偶然をあやつることはできますまい。……ということは、ここまではヤンダル・ゾッグの手が感じられるというべきか――そのあとでヤンダル・ゾッグがキタイの国内事情のためにしりぞいたとしても――レムス軍との連絡はどのようになっているのか、ゴーラ軍とレムス軍のあいだになんらかの密約ができているのか――それがもっとも気になる点です。……こののちのたたかいを展開してゆくためにも。また、カラヴィア軍にも、レムス軍との対峙をしりぞき、ナリス陛下奪還に力を貸してくれるよう、リンダ陛下が親書と使者をつかわされましたが、レムス軍もさすがに必死とみえて、まだ衝突にはいたっていませんが、カラヴィア軍の南下を阻止するかたちで兵を動かしており、カラヴィア軍がこちらに合流すべく南下するには、どうあってもいずれレムス軍と、クリスタル付近で正面からぶつからざるを得ないようです。……が、あちらにはあちらで、アドリアン子爵という人質がいて……）

（どちらも同じような状態になった、ということだね。なるほど、それはたしかに、どちらも同じねらいであったという可能性は大きいな）

（私はいま、イェライシャ導師になんとか、当面わが軍についてきていただけるよう、お願いしようと連絡をとっているのですが……）

ヴァレリウスは慎重に思念を送り込んだ。

（全面的にこちらに力を貸していただくのは、導師の信条や立場、魔道師としての限界からかなり難しいと思いますが……リギアどのにゴーラのマルガ奇襲を知らせ、いくらかなりと被害を軽減させてくれたのは、導師のおかげですし——導師がおられれば、ナリスさまがもっともおそれておられるであろう——イシュトヴァーンがどのていどキタイ王にあやつられているのか、《魔の胞子》を植え込まれて、レムス王同様完全にキタイの傀儡となってしまったのかどうかも判然とするはずです。それだけでも、はっきりすれば、われらもずいぶんと動きやすくなりましょうし……これはあるていどなら、いまの私なら、わかるとは思うのですが……おのれが、その《魔の胞子》からまぬかれたあと、イェライイシャ導師に、多少ならば、《魔の胞子》を植え付けられたものの見分け方を教わることもできましたので……）

（この動きからして、イシュトヴァーンがまったくキタイと無関係ということはありえないが——どのていど操られているかは重大な問題だね。……もしも、レムスと密約をかわしたくらいで、まだ本心が残っているのであったら……なんとかそれをくつがえせないものでもない——もっとも、このマルガ奇襲で、もう、二度と神聖パロは——ローリウスやランの戦死のためだけでも、ゴーラ軍と手を結ぶということは不可能だろうがね）

（それは……たぶんもう不可能でしょう……）

ヴァレリウスはにがくいった。

(しかしながら……イシュトヴァーンも多少でも知能があれば、おのれがマルガで孤立したことに気づけば——退却とひきかえにおのれと、そして三万のゴーラ将兵のいのちを救うくらいのことはできるはず。——グインどのは、その三万を全滅させることは可能でも、それをすればさらに中原は血で血を洗う復讐のちまたとなる、というお考えで——ナリスさまさえ無事にかえし、兵をひくなら、イシュトヴァーンをとりあえずマルガから撤退することは見逃してやろうということをリンダ陛下にすすめておられました し、リンダ陛下も、同じお考えのようです)

(私ひとりが問題なわけだな。私ひとりが)

(ひとり陛下の問題ではございませんよ……)

たまりかねたようにヴァレリウスの心話が熱をおびる。

(それは……ひとつの、かりそめにも国家を名乗ったものが、そのさいごの誇りと独立性を維持できるかどうかの大問題です。——私はまた、ゴーラの、イシュトヴァーンの留守をあずかるカメロン宰相にも使者をおくり、このいきさつについて糾弾し、ゴーラ本国として、王のこの奇襲と残虐な行動についての責任をとうて——ゴーラ側からも、イシュトヴァーンを説得してもらえればと思うのですが……)

(それは、どのていどの効果があるものかどうか……)

(してみないよりはマシでしょう。……それに、ゴーラとても、中原、いや世界全体から孤立したいわけではありますまい。いまでさえかなり孤立ぎみではあるのですから。……クムにもはたらきかけようと思っていますし、沿海州にも——ゴーラ本国は、私の考えではおそらくまだキタイの息はかかってないと思います。……ともあれ、今回の奇襲は、そういうにはあまりにも凄惨な結果をまねいたとはいえ、完全にイシュトヴァーンの勇み足です。……そのことを気づかせて、ともかくナリスさまをご無事に……)

(勇み足か……)

ナリスはかすかににがく笑った。

(たぶん、イシュトヴァーンをあそこまで追いつめてしまった、私の責任でもあるだろうと思うよ。……もっと早くに、イシュトヴァーンに対して手をうつのだった。直接会ってとか、どのようにうまくまるめこんで手をひかせるか、などということに逡巡していずと、直接率直に彼に、いまの時期、ゴーラに味方されるのは、神聖パロにとっては非常にまずいことになるのだというべきだった……くりごとだがね)

(それを云えば、しかし、彼はさらに意地になったのではありませんか)

ヴァレリウスはまったく同情する気配もなかった。

(どうあれ、いまのイシュトヴァーンは、この奇襲によって完全に孤立しています。……あさってには、グイン軍、サラミス軍……それにおのが領主の復讐に燃えるカレニアからの義勇軍が——ルナン軍も合流しますし、こちらもそれなりの人数になります。グ

イン軍の援軍をまつまでもなく——ともかくナリスさまを奪還して、すべてはそれからです)

(ああ)

(それまでは……くれぐれも、決して——決して早まったことをお考えになりませぬよう。……いまや、ナリスさまのおいのちは、われわれにとってだけではない、こうなればイシュトヴァーンにとっても命綱のようなものです。もしナリスさまに万一のことがあれば、我々は一気にゴーラ軍に襲いかかって、全滅させずにはおかぬでしょうから。……いかにイシュトヴァーンが勇猛といえど……ここに孤立したままではどうにもなりますまい。……ことに、そろそろ、マルガは、糧食その他もつきはてているはずです。そもそも、何もなかったときでさえ、そういう問題が出ておりましたからね)

(ああ——それは、ギールが報告しているだろうが、出ているようだね。……もともと、マルガも、収穫期でもないし、このところむろんクリスタルとの交易もとだえている。もともと、農業都市でもないし……備蓄の食糧など、それほどは多くないのに、一気に倍以上ではきかぬくらいふくれあがってしまったのだからな)

(ナリスさまにさえ危害の及ぶおそれがなければ、我々はあえてマルガ周辺をかこみ、ゴーラ軍を兵糧攻めから追い込んでゆくことも考えています。……いずれにせよ、ナリスさま、決して状態は絶望的なものではございません。……そのことだけは、かたく、

このヴァレリウスのことばを信じてくださいますよう）

（ああ。……わかっているよ。ヴァレリウス）

ナリスは目をとじたままかすかに微笑んだ。

ナリスの寝室を守っている小姓たち——かたときもナリスの寝台のわきをはなれず、眠るときも剣をひしとかき抱いて眠っているカイ以下のものたちは、ナリスがそのようにして心話でさまざまな連絡を魔道師たちと取っている状態にも馴れている。しんとして、邪魔をせぬよう、私語もなく見守っている。

（大丈夫。こんな近くにグインどのがきておられるのだから――私もとにかく、グインどのと対面をはたすまでは――何があろうと、死なないよ。あれほど望んで望んだごの望みが、これほど手近に近づいてくれているのだからね。……心配いらない、ヴァレリウス。キタイのその情勢さえわかれば、千人力だ。……だが、なにしろあいてはキタイの竜王だ。いつ、どのようなたくらみをしかけてきたり、どういうふうにして我々のなかに間諜を送り込んでいないものでもない、かつてのあのなんとかという魔道師のように。……充分に気を配ってくれ、ヴァレリウス、お前たちのほうも。グインどのなら、おそらくそうした罠にも決して決してぬかりはあるまいが）

（ええ。ふしぎなことです。あのかたには、魔道さえも通常のようには通じない、という気さええするのですね。どうしてそのように感じるのかはわかりませんが）

ヴァレリウスは熱っぽい思念を送り込んだ。

（もうちょっとです、ナリスさま。……もうちょっとのご辛抱でお助けいたしますから。……ほんのちょっとだけ、頑張っていらして下さい。決して長いことはかかりませんよ）

4

「ナリスさま……」

ヨナが、そっと寝室に入ってきたのは、ナリスがヴァレリウスとの心話の連絡を終わって、疲れたように、カイにカラム水を所望し、寝返りをうたせてもらい、寝台に身をよこたえたときだった。

「ああ……」

「お休みのお邪魔をいたしましたか……」

「いや、構わないよ。……何か進展が？」

「ヴァレリウスさまからのご連絡は？」

「あった。……まもなくグイン軍がサラミス軍ともどもマルガ圏内に入る——明日には入るだろうということだ。そしてリンダとヴァレリウスが交渉役となって、私を返還するよう、イシュトヴァーンとの折衝に入るという……」

「イシュトヴァーンは、ナリスさまおひとりをともなって、そうそうにマルガを出立したい意向です」

ヨナはいくぶん固い口調でいった。

「私としても何回も、とにかくこのままではイシュトヴァーン軍はマルガで孤立する。それよりは、神聖パロ軍との和平をなんとか成立させて、ナリスさまをおかえしするのを条件にマルガを無事に出立できるようにするからと——レムス王の版図内をどう通過するかまではこちらはかかわることでもありませんが——説き伏せたのですが……ナリスさまをおかえししたら、その時点で何もゴーラ軍の安全を保証するものがなくなる、ということに、イシュトヴァーンとしてはかなりこだわっているようです」

「それは、そうだろうな。……私が彼だったとしても、それはそうするだろう。……というよりもう、そうする以外、彼にはここを切り抜ける方法がない。いわば彼は自分からこの袋小路の罠に飛び込んでしまったようなものだ」

「ええ、しかし、ひとつだけどうしてもわからないのは、イシュトヴァーンが、レムス軍と同盟するつもりでいるのかどうか、ということです。これはずいぶんいろいろな方法でさんざん問いつめてみたのですが、彼は尻尾を出しませんでした。……でももしもレムス軍とすでに密約があるのだとしたら、あのようにどうしてもナリスさまにこだわっていることはうなづけると思います。このままマルガを出てユラニアを目指したとしても、ナリスさまを人質にとっているのが役にたつのは神聖パロやグイン軍にとってだけであって、レムス軍に対してはそれは何の切り札にもならない、と説得したのですが——もしイシュトヴァーンがすでにレムス軍とのあいだに密約があれば、それはイシュトヴァーンにとっては解決しているわけです」

「問題はそこだね。……だがどうせ彼のことだ。勇猛なゴーラ軍にたいして、レムス軍ごときに何が出来るのかとたかをくくっている、ということもありうるんじゃないの？」

「それももちろん。そうとも確かに彼は口に出していっていました。しかし、グイン軍が南下してくることが目の前に事実としてつきつけられたら——いかにおのれが勇猛であろうとも、おのれの軍が勇敢であろうとも、前にグイン軍、うしろにレムス軍を受けたらとてものことに切り抜けられはすまい、ということは認めざるを得ないはずですが」

「グイン軍はケイロニア本国から、さらに増援をよこしてくれるつもりだというし——それが、レムス軍にあたることになれば、よしイシュトヴァーンがレムスと密盟を結んでいたとしても、イシュトヴァーンはどうにもならなくなるね」

「それは朗報ですね」

ヨナはつぶやいた。だが、その白皙は暗く、およそ、朗報、というような明るい気分には縁遠いようすにしかみえなかった。

「イシュトヴァーンはどうしてしまったのだろうかと……話すほどに思います。……いや、キタイ王に操られている、というようなことだったら、かえって——私としては気が楽です。それはイシュトヴァーン個人の判断によるものではないのだから、納得がゆきます。キタイ王にしてみれば、そうして操っている手駒のひとつなど、どれほど強力であろうと、どうなろうと最終的には知ったことではないでしょうから。おのれの目的のために操るだけのこと——でも、どうも、そうではないような気がするんです」

「というと……」

「イシュトヴァーンの変化は——きのうや今日、そうした……状況の変化やキタイ王に操られている、というような人為的なものでもたらされたものではないように、私には見受けられました」

ヨナは口重くいった。

「むろん私が知っている彼は、もう十年も前の、ヴァラキアでの少年時代ですから……そのままいろというほうがおかしいのかもしれません。でも——いまの彼は、確かにもともともっていた性格かもしれませんが、それがひどくゆがんだように、間違った方向にだけ発展してしまったように私には思われます。……前は、あれほどまでに意固地で、かたくなで……そして自暴自棄な感じはまったくなかった。確かに頑固でしたが、それはおのれの信ずるところにかたい、というくらいだったし……自暴自棄ではなく、勇敢で無鉄砲で、そしておのれの信ずるところをなすのにためらわぬ、というように見えました。……いまの彼は、なんだか、とても——私には心配です」

「それはもう……こんな奇襲をしたことだけでも——」

「それもそうですが——彼が、この奇襲をした本当の原因は……もしキタイ王に操られていたとしてさえも——」

ヨナは思わず洩れてしまった、というように、重たい吐息を吐いた。

「それだけではないような気がするんです。……彼は——彼はひどく、ナリスさまを——お怨みに思っているのだと思います」

「私を——怨みに……」

「はい。……ことばのはしばしに、私は……イシュトヴァーンの、ナリスさまへの激しいうらみというか、憎しみ、怒り、のようなものを感じました。……それがあるために、彼はすべての判断を狂わせている、だが、当人はそれを認めることさえできないくらいに、そのいたでが深いのだ、というような感じをうけたのですが……」

「ふむ……それは、私が、彼の援軍を受け入れなかったことで？」

「ではないかとは……思いますが。そうですね……ただのうらみではなく——執着も入り交じっています。彼は、何がなんでもナリスさまをイシュタールへおともないするつもりです。……その理由が私にはよくわからないのです」

「それは、キタイ王がたぶん古代機械のことで……」

「それもむろんあると思うのですが……でもそれだと……まずはナリスさまを、古代機械のあるクリスタルへ連れ去るのが自然でしょう。……ナリスさまだけを手中にしていても、古代機械だけがあってもどうにもならない。——ナリスさまに、古代機械を操作させ、その操作の方法と秘密をぬすみとるのがキタイ王の目的なのだとしたら——レムス軍とゴーラ軍の同盟こそが、最初になされていなくてはそれは効を奏さないはずです」

「ああ……」

「イシュトヴァーンは……必ずしも、キタイ王に動かされてだけ、ナリスさまを——こうして手にいれたかったのではないのではないか、という気がしてならないのです、私には」

ヨナはつぶやいた。

「どうしてそこまで、ナリスさまに執着するのか——それが私にはわかりません。……でも、なんとなく——人質にとって、おのれが安全にゴーラに戻るためにナリスさまが必要だからとか、キタイ王に操られて古代機械の秘密を得るためとか、それだけではない、それ以上の何かがきっとある——そして、それは、たぶん、イシュトヴァーンがこの無謀で残虐な奇襲をあえておこなった本当の気持ちときっと直結しているだろうという気がするのです。……それは――理性で判断のつくようなものではなくて……とても、情緒的な――激情に押し流されたものだろうという……」

「……」

「私は、ナリスさまが、イシュトヴァーンの援軍を歓迎しなかったわけではなく、ナリスさまはずっと、黒竜戦役以来のパロ国民の怨念をこえてゴーラ軍を受け入れさせるべく、努力しておられたのだ、という話をずっとしてみました。……そのときには、確かに多少の手応えを感じたのですが――それからややあって、またイシュトヴァーンが時間があるというので、居間にいって話をしたときには、またしても、ナリスさまは自分を裏切った、の一点張りになっているんです。……キタイ王に操られているというよりは……いや、操られているとしたら、それは、キタイ王の命令どおりに動かされているというより、キタイ王によってなにか、おのれのその妄執を固定されてしまった、さっかけをつけられて、あおられてしまった、というようなふうに私には見えました。……たぶん、私の直感では、イシュトヴァーンにナリスさまを解放させるようときふせるのにはかなり時間がかかるか……あるいはもしかしたら、不可能かもしれません」

ヨナのことばをきいてカイは思わず激しくおもてをあげた。だが、ナリスの顔はしずかだった。

「そう……？　お前はそう思うの？」

「むろん、さらに努力は重ねてみます。……しかし、なんだか……イシュトヴァーンを納得させる方法をみつけるのがこれほど大変だとは思わなかった、というのが正直なところです。……リンダさまとヴァレリウス宰相には、それが出来るでしょうか……どうも、私には、一番心配なのは、むしろ逆ではないか、ということなのですが……」

「逆——？」

「ええ、リンダさまが乗り出されることで、いっそうイシュトヴァーンが、孤立感を深める、というのか……うまくいえませんが……」

ヨナの感じている不安は、さきほど、ふたたびイシュトヴァーンと話したときにイシュトヴァーンが吐いたひとことに根ざしていた。

「どうしてもというのならな、ヨナ、そちらからもそれなりの誠意を見せてもらわないとな。……俺をていよく追っ払うつもりじゃなかった、という証拠だというのなら、リンダ王妃を——そうだな、リンダ王妃もマルガに入って、ナリスさまともどもゴーラ王の人質になるというのなら……」

「それは、ナリスさまとリンダ陛下を……リンダ陛下が人質として陛下のお身代わりになれば、ということですか——？」

「……いや」

イシュトヴァーンは、まるで、ヨナの当惑を楽しむように言い切ったのだった。

「それは、駄目だ。——どうせ、グインがサラミスにいて、グイン軍はほどもなくこっちにやってくるというんだろう。戦いになるのなら、こっちは相手がどこだろうと同じことだ。やるだけやってやるまでだ。……それほど、ゴーラ軍を敵にまわすつもりはなかったとナリスさまがいいはるのだったら、いますぐリンダに使者を出して、リンダひとりでこのマルガに入らせろ。そして、神聖パロ軍の残りの部隊をマルガ周辺からひきあげさせるんだ。グイン軍のことまでは知らねえからな。……俺の敵にまわるつもりじゃねえ、といいはるのなら、そっちから、それくらいのことはして誠意を見せてもいいんじゃねえのか」

「——イシュトヴァーンは、あくまでも、弱味をみせまいと突っ張りとおすつもりなのだと思います」

ヨナは首をふった。

「それはまあ……あの人のもともとの性格もそうだったとは思いますが——いま、この状況下でそれを押し通そうとしたら、あるいはゴーラ三万の遠征軍の兵全員に、おのれとともに破滅へむかって突っ走れ、といっていることになりかねません。……イシュトヴァーンは、まだ、ゴーラの兵のほうから、自分たちはどうなるのか、という不安の声がひろがることはおそれていないようです。そのくらいに、ゴーラ軍、ことに今回の遠征軍の全員を心服させ、掌握している、という自信は確かにあるのだろうと思います。

……だが、じかにイシュトヴァーンの謦咳につねに接している側近はともかく、下のほうのものたちは――たぶんもう、かなり先行きの不安は抱いていると思いますし――こんなところまで、こういう追いつめられた袋小路の状況に連れてこられたことについて、必ずまもなく……このままマルガにいる時間が一日でも、一ザンでも長引くだけ、必ず不安を抱いてそれを口にしはじめるものは出――増えてくるはずです。……そうなったときに、いかにイシュトヴァーンが突っ張り通そうとしても、この奇襲の動機について、マルガ側をではなく、ゴーラ軍側の兵士たちを納得させられる明確な理由を説明できないかぎり……おそらく、まずはゴーラ軍は内部から崩れることになるのではないかと……なにも、レムス軍やグイン軍の介入を待たずともですね……」

「ああ……そうだね」

「たぶん、イシュトヴァーンも、そのおそれはうすうす感じているからこそ、一刻も早くナリスさまをお連れしてマルガを出、ゴーラに向かおうと必死になっているのだと思いますが……」

ヨナは暗い目で宙を見つめた。

「私にはわかりません。……もしかしたら、私の人間の心理の把握には、何か致命的な欠点があるのかもしれません。――私にとってはいつも、人間とは――論理や理性でもって割り切れる存在ですし……自分もそうありたいと思っています。イシュトヴァーンの行動は……私には、ただ理不尽としか思われないので……どうして、その理不尽な行動にこう執着するのか、それが理解できなくて――それが私を、なんだか不安にしているのだと思います。……もしかして、私は、イシュトヴァーンを説得するのには一番適任でない人間なのかもしれません」

「だが、君のいうことをそれでも一番イシュトヴァーンはきくようだと、君はいっていたよ、ヨナ」

ナリスは疲れの色を濃くはいたおもてに、やつれた微笑をうかべた。

「君でだめならほかのものには説得はできまい。……でも、イシュトヴァーンをとらえてしまったその妄執――と君のいう、その執着……私には、少しだけ、わかるような気がするよ」

「ナリスさまに」

驚いて、ヨナは顔をあげた。

「おわかりになるのですか」

「ああ。……もしかしたら、そういう部分だけは私はむしろ――一見はきわめて理性的に行動している、論理にもとづいて行動しているように見えて、本当は私は情念でしか動いてはいないのかもしれないという気もしているからね。……このようなところまで追いつめられ、敵中にあってもはやこの寝室しか、身の置き場もなくなってもまだ、パロのために生きながらえてなんとかキタイの脅威からパロを守りたいとか……世界生成の秘密をこの手にすることができるかもしれないというおろかしい夢を忘れかねていたりする——きっと、私やイシュトヴァーンのような人間にとっては、現実よりも夢見た夢のほうが大切に、重大になってしまって……現実にいかに裏切られてももう、夢を捨てるよりはいのちをおとしたほうがましになってしまうのかもしれない」

「それは……私としても、できればと強くひそかに思うことや激しくのぞむことはないわけではありませんが……」

ヨナは云った。その痩せたおもてはいつになく哀しそうに見えた。

「でも、イシュトヴァーンは……いまのこの状況を理解することを拒んでいるように私には見えます。……それによってみずから、まるでみずからいっそう窮地に自分を追い込んでいるとしか思えないのですが……」

「リンダをともに人質にというのは論外だ」

ナリスは強く——そのいまのかれの状態でできうるかぎり強く言った。

「もしもイシュトヴァーンのほうからそうさらに強硬に申し入れてきたら、その場でもう交渉の余地はないと突っぱねてくれてもかまわないよ。リンダを巻き込むわけにはゆかない——彼女なら、おのれを犠牲にしてでも私の身代わりにと思いかねないし、そうしたらもっとこの状況から私たちが脱することは困難になる。ヴァレリウスにまた連絡して、リンダに決してそのような考えをおこさぬよう、それはかえって事態の解決を遠くすると伝えさせよう。……いずれにせよ交渉ごとになれば、どちらかがなんらかの時点で折れないかぎりは、ただ膠着状態が続くだけのことだ。私の身柄を引き渡すかわりにマルガをたちのいて無事に神聖パロの版図を出ること――こちらとして主張しうるのはあくまでもこのことだけだな。妥協の余地はもうない」

「それはもちろん。……それと、私のほうは、ナリスさまのお身のためにと、お身のまわりのお世話をするためリギアさまを、そしておからだを診ていただくためにモース博士を、この寝室に入れてもらえるよう、次の交渉で申し入れるつもりでいます。……モース博士はご無事でいられることがわかりましたし、リギアさまは捕虜のなかにおられます。丸腰で、という条件なら、ここに入れて貰えるでしょう。少なくとも、リギアさまはともかく、モース博士にはどうあってもナリスさまについていていただかなくてはなりませんし……」

「まもなく、マルガは糧食がつきる」

ナリスはつぶやくように云った。

「たぶんそうなってからだね、ゴーラ兵の不満がつのってくるのは。――私がおそれるのは、ゴーラ兵の不満が、イシュトヴァーンに向けられるならまだいいが、マルガ市民と離宮のものたちから無理矢理に食料や金子などを調達しようとするほうに向けられることだ。……どうされても、もうわれわれにだってそのような備蓄はない。……リンダたちにせよ、イシュトヴァーンがなかなか交渉に応じぬ場合、マルガを取り囲んで兵糧攻めにするのもよいが、そうなればマルガの市民たち、捕虜となった兵士たちが一番苦しむ。……それを思うとなかなか、長期戦にもちこむのは辛いものがある」

「長期戦はいずれにせよ無理でしょう。ナリスさまのおからだのこともありますし……それにレムス軍もそう長いこと、手をこまねいてようすを見ているとは思えません」

ヨナは考えに沈んだ。

「いずれにもせよ、私はゴーラ軍のなかになんとかして、情報を集められる相手を見つけ、ゴーラ軍のなかでどのていどイシュトヴァーン王への不信や不安、反発がひろがってゆくかを調べられるようにしておきます。……ヴァレリウスさまなら、それを魔道師を利用して、こちらから、イシュトヴァーンへの反発や反逆をそそのかすように仕向けられようとお考えになるかもしれませんが、私には——私にはそこまでは出来ません。……私は参謀長ですが、もとが学者の上にミロク教徒です。ヴァレリウスさまのように非情な軍師には……なりきれませんから。ことに、相手がイシュトヴァーンであってみれば」

「わかっているよ、ヨナ。君にはもう充分に辛い思いをさせているということは」

ナリスはしずかにいった。

「あすになったらグイン軍があらわれ、また情勢がかわる。そうなってから、私も、イシュトヴァーンとあらためて直接に話して、私も彼を撤退するよう説得してみよう。私を連れてかどうかはともかくとしてね。……私のこの状態では、とても、ゴーラまでの長い行軍になどたえられるものではないし、私のような状態のものをともなっていったら、非常な足手まといになって、いっそう、退却を困難にするだけだよ、ということもいってみよう。——もっとも、退却ということばを使うと、彼はまた、それに対して反発して、それだけでゴーラにひきあげることをいやがるかもしれないけれども。……彼はたぶん、いっときの感情にまかせてこの奇襲に走ったことを本当は非常に当惑し、後悔しているのではないかと私は思うよ……だがそれを認めたら敗北だと考えている。これは君とも話したとおりね。だが、彼のような人間には、どこかに逃げ道をあけておいてやらねばならぬ。ただ追いつめたらいっそうキバをむいてこちらに嚙みついてくるだけだろう。……厄介なことだが、私と君と二人がかりでなら、なんとか扱えるのではないかな。……少なくともこれまでのところ、君を交渉係にたてることについても、またこうしてこの寝室を私のさいごのあまりにもささやかなとりでに残しておいてくれることについても、小姓たちをつけてくれることについても、イシュトヴァーンはこちらの申し出を通してくれているわけだからね」

「もとは、もっと……ずっと気のやさしく、男気のある、明朗な人だったと思っていたのですが」

　ヨナはつぶやいた。

「くりごとです。――ここからさきはただの私のくりごととお聞き流し下さい。……たぶん、私も変わったでしょうが――あんなに、ひとりの人間が、すさんで、そしてかたくなに、あらくれて、残忍になってしまう、このくらいの時間でそこまで変わってしまうのを私は正直、はじめて見ました。……いろいろなことがあって、ナリスさまもお変わりになりましたし、私自身も――ランも変わりましたし、みなむろん、前のままの自分ではいはしないのは当然です。次々とおきてくる出来事に対して、変わらないでいるのはむしろ不自然なのですから。いろいろなことがらの影響をうけて――私たちはみな、変わってゆくのが当たり前です。それがよいほうに――成長するほうに変わってゆけるものは運がよいと思います。……だが、そうでなくても、あそこまでは……普通、あそこまでひとは荒れすさんでしまうものでしょうか？――小姓たちも、イシュトヴァーンをひどくおそれ、その豪胆と武勇に心服しつつも、その残虐と気まぐれ、そして狂気におそれをなしているようすがひしひしと見えます。私がこれまでの短いあいだで見たかぎりでは……イシュトヴァーンの武勇に心酔し、そのいくさにかかわる判断を信頼しているものはたくさんいても、イシュトヴァーンの人柄を愛し、それこそ私たちがナリスさまのためにそうしようと――いつでもわれから進んでナリスさまのおために命を捧げようと思っているように、ゴーラ王のために命を捧げようと進んで思っているものはほとんどいないように私には思えました。……かれらはみな、イシュトヴァーンの力をおそれ、狂気に畏怖し、そして彼の強引さに押し切られてここまでついてきているように私には見えます。……それは、まことの支配でもなければ、まことの力でもありますまい。このままでは……彼はやはり、今回このマルガでそうならぬまでも、いずれはおのれのその狂気と激情の発作のためにほろびゆくしかないでしょう。私は……私は、それが——もしかしたら、私だけが……あの、かたときもはなれずそばにいる副将はわかりませんが——私だけが、いまとなっては、しんじつイシュトヴァーンのゆくすえを案じている人間かもしれないという気さえするのです」

ヨナはこみあげるものを隠すように横をむいた。室内に沈黙がおちた。ひとびとは、その、恐しい狂気と血にとりつかれた侵略者をあわれむかのように、黙り込んだまま何も云わなかった。

第三話　運命の会見

1

ふたたび――

一夜があけた。

マルガをおおいつくしているあの異様な沈黙は、いまや、奇妙なおそろしいほどの緊張に変わりかけていた。

相変わらず、マルガの市民たちはかたく門をとざし、窓さえもなかから板をうちつけて、一切戸外にすがたをあらわすまいとしているように見える。隊列を組んでひっきりなしに巡回するゴーラ兵たちのすがたにもう、その、無人の町のようにさえ見えるマルガは馴れて、そのゴーラ兵たちこそがマルガのいまの唯一の住人であるかのようにさえ見える。

朝になっても、いつものようにいそいそと店をあけて商品をひろげるものもなく、またひろげて商うべき商品も何もなく、買いに来るもののすがたもなく――それは、いかにも、厳戒下の、戒厳令の敷かれた戦時の町、そのものであった。

マルガ離宮はなおのことだ。――陥落からまる一日のあいだに、死体はとりかたづけられ、とりあえず負傷者たちは収容されて手当をうけ、捕虜たちはとりまとめて監禁された。そしてそれ以外の無事だった女たちや小姓たち、近習、下僕たちには、日常の任務にもどり、ゴーラ軍のために用をととのえるように、という命令が出されたが、それをきく気のないものは、離宮の裏の使用人たち用の棟にたてこもって出てこなかったり、捕虜たちともども捕虜たちの収容されたうまやとその周辺の倉庫のあたりにいることに決めたりして、ひそやかに、しぶとくゴーラ軍にさからっている。ゴーラ兵たちは、わがもの顔に離宮の食糧倉庫を点検したり、そこからかれらの食料を調達したりしたが、もともとこのような大人数の部隊を受け入れるにはほどとおい施設しかないマルガ離宮では、このたった一日の占領でさえ、充分にかれらの需要をみたすことは出来なかった。

下からの訴えをうけて、イシュトヴァーンは隊長たちに、兵をひきいて湖畔に木々のあいだに林立している、白く美しい、パロの貴族たちの別荘を探索させ、食料やそのほかの必要物資を調達させようとしたが、それらの別荘はすでに、クリスタルに本宅があってレムス王の側についている貴族たちには見捨てられてからずいぶんたっていたし、ナリス側についた貴族たちはいずれにせよそこからおのれのたくわえたものなどは持ち出して参戦したり、あるいは避難したりをすませていたので、収穫はほとんどなかった。

「陛下」

マルコはしぶい顔で、朝起き抜けであまり機嫌のよくないイシュトヴァーンの寝室にゆかねばならなかった。イシュトヴァーンは、客用の寝室のひとつをおのれの室にあて、そのとなりに本営をおかせていた。

「情勢はかなり思わしくないと私は思います」

マルコはイシュトヴァーンがたとえ寝起きの逆鱗にふれようとも、いうことだけは云わねばと思い決めたようすだった。

「このままですと、マルガ全体をどう探しても——三万のゴーラ兵を養うに足りる食料の備蓄はきょう一日分もないと思います。……といって、周辺の町村に調達に兵を出すと……場合によってはそちらに逃亡してひそんでいる残党との戦闘も予想されますから……そちらにあまり兵をさくことは……サラミスからの神聖パロ軍の進軍と、それに……」

「わかってる」

さすがにイシュトヴァーンも、寝起きに聞きたくない話をするな、とマルコを怒鳴るわけにもゆかぬようすで、むっつりと云う。

「グイン軍だろう。……さっき、もう、斥候に起こされたんだ。いよいよ、きゃつが……

……夜通しかけて進軍してこちらに向かってきているという報告はもうきいてる。……リンダ王妃の旗をおしたてたサラミス軍とともに、もうあといくばくもなくマルガ郊外十モータッドとはないあたりに陣を張ることになるだろう、という報告だった」

「こうなりますと……そちらを出し抜いてマルガを見捨てて出発するわけにもゆかなくなりましたが……」

「とりあえず、出陣の準備はさせておけ。——ルアー騎士団には、ほかのやつらにはすまないが優先的に食料も武器も医薬品もまわさせるようにしてくれ。それに、イリス騎士団には、やはり食料の調達に湖畔の村をまわってもらうほかないだろう」

「湖畔のいくつかの集落は夜のあいだに、村の全住民が避難してもぬけのからになっているものもある、という報告もけさがた、一番でありましたが」

マルコはイシュトヴァーンのようすを気にしながら云った。

「あまり遠くまで出すのは危険かと思いますが……スカール軍もまだどこにひそんでいるかわかりませんし……」

「わかってる」

瞬間、かっとなったようにするどくイシュトヴァーンが云う。が、彼はおのれをおさえた。

「スカール軍のことはいま気にしてもしかたねえ。……どこにいるか、いつかかってくるかわからねえ敵軍がひとつある、と思って用心する以外のことはできねえだろう。むろん斥候には充分注意してきゃつらの痕跡を探させるが。……それに、糧食のことは心配するな。たぶん、きゃつらもこっちにナリスさまがいるからには、いきなりマルガに強引に攻めかかることはできまい。まずは、使者をたてて、こちらとの交渉に入ろうとしてくるだろう。……そのさいに、最初の交渉を受けてやる条件として食料をよこせといってやるさ。……こっちにはナリスさま以下のマルガ政府のものたちや、マルガ市民も大勢いるんだ。そいつらを全部飢えさせるわけにゃ、ゆかねえだろうさ、きゃつらにとっては、自分の味方なんだからな」

「はあ……」

「いよいよだな」

ゆっくりとイシュトヴァーンは云った。その目が暗い輝きをひそめて、窓の外の明けゆくリリア湖の風景にむけられた。が、その美しい光景が目に入ったとも思えぬ。

「は——？」

「いよいよ、グインと正面衝突だな、といってるのさ。……待っていたぞ。——俺は、長い、長いあいだ、いつかこのときがくるだろうと……ずっと、いつかこの朝がくるだろうと思って待ち続けていたんだ。——まるで俺は——こうなるために、マルガを落としたんじゃねえかという気さえするくらいだ」

「陛下……」

マルコはぞくっと身をふるわせた。

そのことを口にしたらイシュトヴァーンの激昂をかうかもしれない。そう思うので、口には出せぬながら、マルコのなかには、おさえてもおさえきれぬ不安と懸念が爆発しそうにふくれあがっている。

（ここは……要害の地でもなく、守るには難く攻めるに易しいマルガ——だからこそ、奇襲によっていとやすく落ちもした。……それをこんどは、われわれが守る側——しかも、攻め寄せるのは、強引いっぽうのゴーラ軍ではなく、すべてをかねそなえた地上最強の軍勢とさえ称されるケイロニア騎士団の精鋭——）

（そしてそれを率いるは天下の英雄、ケイロニアの豹頭王——しかも、おそらく、こうしていよいよケイロニア軍とゴーラ軍とが、マルガを戦場として激突せんかというとき、を迎えたからには——豹頭王は遠からぬ本国から、増援の軍をも呼び寄せるはず——増援の人数によっては、それはレムス軍の動きを封じ、さらにその上、ゴーラ軍のユラニアへの退路をたつこともたやすいだろう……）

（我々は——こんなところまで深入りしてしまって、本国との連絡さえも切り離されてしまった状況だというのに……）

「なにを、心配そうなしけた面をしてやがるんだ。マルコ」

けわしく、イシュトヴァーンが云った。それはむしろ、おのれに言い聞かせて、勇気をかきたてているかのようにひびいた。

「何を心配してやがるんだ。……グインが何だ。あいてはこっちより少ないんだぞ――サラミス軍が合流して人数的には匹敵したところで、パロの兵隊なんかいかにとるにたらねえかってことは、すでにおとついわかったんじゃあねえのか。……しかもあっちはこちらにナリスさまがいるかぎり、やみくもにつっかけてくるわけにもゆかねえ。……俺は何も間違ったことなんかしちゃいねえ。俺にはちゃんと勝算があって――すべて計算づくでここまで動いてきたんだぞ。信じてねえのか、マルコ」

「私は……もちろん、つねに……ご信頼申し上げております……」

マルコはつぶやくようにいった。

「が、しもじもの兵たちには……いろいろと不安もありましょうし……それになんといっても、食料が――」

「ああもう、食うことばかし考えていやがるんだな、あいつらは」

イシュトヴァーンは無理によそおったような陽気さで云った。

「わかったわかった。そのことはもう俺にまかせとけ。俺がなんとかする」

なんとかするといっても、どうするおつもりなのです――のどもとまで出かかったことばをマルコはのみこんだ。イシュトヴァーンは、布団をはらいのけて飛び起きた。

「こんなことはしちゃいられねえ。まもなく、きゃつらから使者が到着するだろう。俺のいったように、ルアー騎士団に出陣の準備をさせろ。まだあちこち、これだけの宮殿なんだ、ひっかきまわさせれば多少の食い物だってあるだろう。幽閉してあるマルガの市長を呼んでおどしあげて、市民どもにありったけの食料の備蓄を吐き出させなければ腹のへった兵隊どもに勝手に掠奪させなければならなくなるぞと脅してやれ。きゃつら、おのれの分はちゃんと隠していやがるさ。しぼればなんぼでも出てくるもんだ。ここは、ノスフェラスの砂漠のまんなかじゃねえ、ゆたかなパロのまんなかなんだからな」

その——

イシュトヴァーンの気炎が、すべてのゴーラ将兵にゆきわたっていたとは、とても思えぬ。

「ケイロニア軍二万五千、サラミス街道より、マルガめざして南東に進軍しつつあり！」

「サラミス公ボース率いるサラミス騎士団五千がケイロニア軍ともども南下！」

「カレニア義勇軍二千、カレニアよりサラミス騎士団との合流を目指して出陣」

放たれている斥候からの報告は、とてもゴーラ軍の士気をたかめるにふさわしいものではなかった。

（いよいよ……）

たとえ、その思いは、イシュトヴァーンに変わらなかったとしてもだ。

（いよいよ、あらわれる……伝説のあのシレノス、ケイロニアの豹頭王グインに率いられた、最強のケイロニア軍団が――）

（このマルガが……ケイロニア軍とゴーラ軍の激突する戦場となるのか……）

イシュトヴァーンの叱咤激励を受けて、ルアー騎士団一万はそれを受けてたつべく準備をととのえ、イシュトヴァーンの信頼する副将ヤン・インを指揮官に、マルガ市の西北側、リリア湖の北端にかけて陣を張るべく、正午前にマルガ離宮を出発した。

残る二万をイシュトヴァーンは、一万五千にマルガをかためさせ、そして五千をシン・シン隊長に預けて湖畔を奇襲の警戒がてらまわらせて食料の調達を命じた。リリア湖を万一にも船でおしわたり、一気にマルガ離宮のうしろをついてナリスを奪還する動きがあることをも、充分に計算したのだ。

（大丈夫だ。……こんなこと、俺はちゃんと予想していたし――それに、こちらには人質が――誰よりもあちらが無視するわけにゆかぬ人質がいる……ナリスさまがこちらの手中にあるかぎり、きゃつらは手出しは出来ないんだ……）

ほとんど、イシュトヴァーンは、おのれに祈るかのようにくりかえし言い聞かせている。

午後。

すべてのゴーラ側の布陣がすんだころあい、突然に、イシュトヴァーンは、荒々しい大股で、供も連れずにナリスの寝室にずかずかと入ってきて、カイたち護衛の小姓を仰天させた。

「ナ、ナリスさま――イシュトヴァーン……王が……」

「ナリスさま」

ナリスがひそかに魔道師たちに命じて張らせた結界は、その存在をゴーラ側にあやしまれることのないよう、ゴーラ側のものが入ってこようとするときにはただちにひそかに《扉》がひらかれるようになっている。むろん魔道によるはたらきかけには完全にぴったりと閉ざされる。イシュトヴァーンは、むろん結界の存在になど、気づくよしもない。

「まだ、お聞きではないだろうな。……グインのひきいるケイロニア遠征軍二万五千が、まもなくマルガの北東郊外、リムの村、風の森のあたりにつくそうだ」

「……………」

ぶえんりょに、案内もこわずに、いかにも征服者たるおのれには、その権利があるのだといいたげに軍靴と軍装のまま入ってきたイシュトヴァーンを、ナリスはかたわらにヨナとカイ、それに小姓たちをおき、寝台にひっそりと身をよこたえたまましずかに迎えた。

「それともうとっくにご存じだったのかな。……あなたのことだ。何かいろいろ俺にはわからん、例のうしろぐらい魔道のなにやらを使ってな」

「イシュトヴァーン」

ナリスは警戒していっせいに寝台のまわりをかためているカイ以下の小姓たちを制しながら云った。

「このままでは、またマルガが戦場になるよ。……あなたは、この上、どうしようというのだ？——私を虜囚にしていることをたてにとって、どこまでグインをおさえられると思っている？」

「そんなことは、あなたの知ったことじゃねえ」

イシュトヴァーンは、ナリスと直接会うのは、あの凄惨なマルガ陥落の運命の日以来であった。

むしろ、イシュトヴァーンのほうで、故意に、ナリスに対面するのを避け、あいだにヨナをたてて交渉をすすめるようにしてきたのだ。だが、すっくと寝室の入り口に立ってナリスを傲岸に見下ろしたイシュトヴァーンの顔は、長年崇拝してきたナリスに対して、そのような荒々しい口をきくことを、むしろ小気味よく思っているような皮肉な微笑が浮かんでいた。

「あなたは俺がグインをおさえられるかなんてことじゃなく、自分の身の上を心配してればいいんだ。……俺は、いっとくが、あんたをイシュタールに連れてゆく。どんな難儀があっても、連れて帰るからな。どんな交渉も俺には通用しないぞ。そう思っておいてもらおう」

「それは私が考えることではないだろうな」

ナリスはおだやかに答えた。

「こんなところにいていいの、イシュトヴァーン？　いま、あなたは最も大変なときではないのか？　最高指揮官がこのようなところにいて……」

「うるせえ」

さらに荒々しい答えに冒瀆の快感をでも感じているように、イシュトヴァーンは答えた。

「おい、ヨナ。お前も、交渉の席には出るつもりか。それなら、あらかじめ俺に許しをこうがいい。お前たちパロの、魔道の国のやつらはちょっとも信用できん。俺の知らないところでどうせ魔道を使ってなんやかんやと悪だくみだの、ひそかな連絡だのをしているんだろう。そんなものが、本当の剣の——軍隊の力の前に通じるかどうか、まずはやってみるんだな」

「私は……ナリスさまのおそばについていますから……」

静かにヨナは答えた。イシュトヴァーンはかっとなったようにヨナと、そしてナリスとを比べ見た。

「勝手にしろ。そちらから頼み込んで、何も悪さはたくらんでいませんから、交渉に連れていってくださいと頼まねえ限りは、決してこの部屋から一人も出させはしねえぞ、俺は」

けわしくイシュトヴァーンは云った。そして、かつておのれがいとおしんでいた小さなヴァラキアの少年であったひっそりした青年と、かつてこよなく崇拝していたもとのクリスタル公が彼を拒むようにぴったりとよりそっているのを激しい目で見た。

「いいか。——俺はやるといったことは必ずやる。——何があってもあんたを連れないではイシュタールには帰らねえ。イシュタールにゆくときには、あんたも一緒にマルガを出るんだ。わかったな、神聖パロ国王さま。なんかつまらねえたくらみをしても無駄だぞ。俺は、そう言い渡しにきたんだ」

「………」

ナリスは黙ってイシュトヴァーンを見つめた。

イシュトヴァーンはふいに目をそらし、大股に室を出ていってしまった。あとには、ちらりと目を見交わしたナリスとヨナとの、奇妙な雄弁な沈黙だけが残されたのだった。

その、一ザンほどのち。

ザッ、ザッ、ザッ——と、赤い街道のレンガの上に規則正しい無数のひづめの音をひびかせながらサラミスからマルガにむかうサラミス街道を下ってきたおびただしい軍勢が、このあたりまではマルガ奇襲の惨禍も影響してはおらぬ、まだ充分にしずかなたたずまいを残している森かげの村、リムの集落のあたりまで到着し、そして、そこを中心に次々と陣を張り始めた、という知らせがマルガに届けられた。

「陛下」

近習の報告を、イシュトヴァーンは完全に出陣の軍装に身をかため、いつでもただちに戦闘に飛び出せるよう身辺に親衛隊の勇士たちを従えた、マルガ離宮の司令本部で、苦い顔できいていた。

「マルガの北西およそ三モータッド、リムの村に陣を張った、神聖パロ王国軍の総司令官ヴァレリウス宰相、及び神聖パロ王国リンダ王妃の連名の親書を持参した正式の使者が到着し、陛下への親書のお手渡しを希望しております」

「わかってる。……通せ」

「は」

四人の騎士をつれ、ゴーラの精鋭騎士たちでびっしりと埋まっている広間へおそれげもなく入ってきたのは、すらりと様子のいい、いかにもパロの聖騎士らしいふうさいの、銀色のよろいと白いマントをつけた貴族的な感じの青年であった。

「ゴーラ王イシュトヴァーンどの。お初にお目にかかります。サラミス公ボースの末弟、聖騎士子爵ラウスと申すものであります」

「………」

イシュトヴァーンはこの手の、儀式めいたやりとりが何よりも苦手である。苦虫をかみつぶしたような顔をして返事をせぬイシュトヴァーンに、ラウスは丁重に他国の支配者にする膝をつく礼をした。

「サラミス公ボースの名代として、神聖パロ王国リンダ王妃陛下、ならびに神聖パロ王国宰相ヴァレリウス伯爵、そしてケイロニア王グイン陛下よりの親書三通をお預かりして参りました。お目通しいただきました上、この場にて、ご返答を頂戴できますれば幸甚に存じます」

「この場で返答しろだと……」

イシュトヴァーンは、小姓にあごをしゃくった。小姓がいそいで、ラウスの差し出している細長い象嵌の小箱を受け取り、なかを開き、ラウスに断ってから中をあらためた上で、イシュトヴァーンに一通づつ、そのなかに入っていた手紙を手渡した。

「………」

イシュトヴァーンは、以前よりは、だいぶん文字の読み書きが出来るようになっている。さすがにゴーラ王となってからは、書類を読み、理解するのも重要な仕事のひとつとあって、前のままではすまされなかったのだ。もっとも書くほうは祐筆が代筆するから、まだそれほど達者ではないが、少なくとも読むほうは以前よりはずいぶんと不自由しなくなっている。

「ふん」

にがい顔を崩さず、イシュトヴァーンは、その場にひかえていた副官のマルコ、親衛隊長のウー・リー、そして隊長のマイ・ルンなどの幹部のほうをふりかえった。

「見てみろ」

「失礼いたします」

マルコが進み出て、イシュトヴァーンから手紙を受け取り、さらさらと分厚い紙をくってあらためる。それが次々と幹部たちの手にわたってゆくあいだ、誰も口をひらかなかった。

「使者のおもむき、よくわかった」

イシュトヴァーンは、さいごにマイ・ルンがそれを見終わったのをみると、おもむろにラウス子爵に向き直った。だがその眉はまだけわしかった。

「対面の上、和平の交渉にうつりたいとの申し入れだな。……リンダ王妃とヴァレリウス宰相、そしてグイン王みずからが出向いてくるという、それに間違いはないな」

「はい」

ラウスはじっと澄んだ青い目に、この、突然の奇襲で神聖パロに巨大な被害をもたらした侵略者の相貌をやきつけようとするかのように見つめている。

「お三方ともに、現在リムの森の本陣にあり、イシュトヴァーンどのから場所の指定がありしだい、そちらにむけて出向くであろう、とおおせであります。……ただし、マルガ離宮からも、リムからも、あるていど離れていることが、相互のため、無用の警戒心をおこさせぬためにも望ましかろう、とのグイン王陛下のご意見でありました」

「グインは、この手紙で見たかぎりでは、いよいよはっきりと、ケイロニアが神聖パロの同盟国であるということを認め、公表したということだな」

「はい。お国表にも、そのよしの報告がゆき、ケイロニア皇帝陛下及び十二選帝侯会議の許可をも得られた、ということで、これよりのち、ケイロニアは名実ともに神聖パロの盟邦と心得られよ、との御伝言であります」

「ふん」

また、激しくイシュトヴァーンは鼻息を吹いた。

「わかった。では場所はこちらが選んでもいいのだな」

「はい。神聖パロ王国軍としましては、ただちにナリス陛下奪還のための戦闘に入るべきところ、ケイロニア王グイン陛下が一応おとりなしの任にたとうとお申し出になられ、条件しだいで平和裡に解決するものであれば、また今回の不幸なできごとがなんらかの誤解にもとづくものであれば、それの解消によって解決にむかうならばひとたびはそのための努力をしてみたい、とのお考えを明らかにされましたので、リンダ王妃陛下ならびにヴァレリウス宰相もそれに同意され、いつなりと、ただいますぐからであれ、イシュトヴァーンどのとの会談に応じられるご意向であられます」

「——わかった」

イシュトヴァーンは、一瞬、どう答えたものかと迷うように目をさまよわせたが、すぐに、うしろをふりかえった。

「マルコ。地図で、マルガとそのリムの森とかとのちょうどまんなかの場所を選び出せ」

「はい」

本部の壁には、美しいタペストリをひきはがし、そのかわりに巨大な中原全図とパロの地図、そしてパロ中央部の精密図がはりつけられている。マルコはそれに歩み寄って、すばやく目算し、そして答えた。

「リムの村の南東、そしてリリア湖北端から一モータッドほどの、アリーナという小さな集落がございます。このあたりならば、双方の陣からちょうど中央といってよろしいかと思います」

「そのアリーナって村だ」

イシュトヴァーンは云った。

「これから、三ザン後。――とりあえず双方、大部隊の兵はいっさい連れず、それぞれに百騎の護衛のみを連れること。――いっておくがそちらの三人にひとりにつき百騎じゃねえぞ。三人に全部で百騎だ。いいな」

「かしこまりました」

ラウスのおもては、イシュトヴァーンの乱暴な口調に驚いたかもしれないが、その驚きをあらわしてはいなかった。彼は丁重に会釈した。

「アリーナの村にて、各陣営百騎のみを引き連れて最高指揮官どうしの会談を。こころよくお引き受け下さり、かたじけのう存じます。何か、わが軍側の不都合がございますれば、ただちにまた調整させていただきますので、いま少しお待ちいただきたいと思います。それでは、三ザンのちに。アリーナの村にて」

2

（アリーナの村……）

正直いって、そのような村があったことさえ、イシュトヴァーンは知らぬ。ただちに、斥候がたてられ、その村の周辺の地形や、そこに万一にも敵兵をふせられてだましうちにあうことのないよう、詳細な調査がおこなわれた。神聖パロ軍とケイロニア軍の同盟軍は、そのような心配をしておらぬらしい。斥候が出ているようすもなく、やがて「場所と時間、承知」という次の使者が、これはただの伝令の騎士が早馬で持ってくると、次には早速、百騎をひきいたちいさな一団がリムの本隊からはなれて南にむかった、という知らせが届いてきた。

イシュトヴァーンもマルコに命じて百人のもっとも信頼できる精鋭をそろえさせたが、それだけではなかった。

「マルコ。シン・シンを大至急引き上げさせ、シンに三千もたせて、マルガの北、そのアリーナに一番近いが相手には気づかれぬくらいのところに伏せておかせろ。万一、これがワナだったらてめえから飛び込むこたあねえ。……三千あってそれがすぐにきてくれりゃあ、そのあとヤンの本隊がくるまでつなげるだろう、こっちの百もそれなりの奴らをそろえたしな。――それから、マイ・ルンは離宮の警備だ。こちらから何か異変があったという知らせののろしがあったり、伝令がいったらただちにナリスさまの寝室をとりかこみ、ありたけの人数で固めろ。万一となったら協約もへちまもねえ、寝室にふみこみ、小姓どもを斬り殺し、ナリスさま一人を馬車にのせて俺の本隊へ合流するまで守って連れてこいと命じておくんだ」

「はい」

「お前は俺と一緒だ、マルコ。まあたぶんきゃつらもナリスさまを人質にとられてるんだ、やみくもにワナをしかけておそいかかってくるようなこたあねえだろうが、俺さえいなければゴーラ軍は総崩れになると読んで、どんな手でも仕掛けてこねえもんでもない。もしもいざというときにはこの百で斬って斬って斬りまくって本隊と合流し、そのまんま一気に戦闘に突入するから、そのつもりでいろよ」

「――おそらく、そのようなことにはなるまいとは思いますがねえ……」

マルコは、そのイシュトヴァーンの用心は認めたものの、いまひとつ懐疑的であった。

「グイン王というのは、あまりそういう意味ではワナをしかけたり、奇襲をかけてきたりする人柄ではないようなうわさもたくさんきいておりますし……」

言いかけて、マルコはあわてて口をつぐんでしまった。イシュトヴァーンは何もきこえなかったかのように、出陣の準備にいそしんでいた。おのれがそのような手段に拠る人間であるからこそ、敵の奇襲をもまた疑わずにいられないのだ——それはきわめて不幸なことではないか、とひそかにマルコが思ったにせよ、それをいまここで口に出すのは、いっそうイシュトヴァーンを刺激するだけのことであったから、マルコはそれ以上もう何も云わずに云われたとおりにした。まもなく、準備がととのった。

「出陣！　リムの南一モータッド、アリーナの村だ」

イシュトヴァーンは自ら、真新しい白いよろい、腰に大剣をつるし、白い長いマントをつけ、愛馬のはやては先日のスカールとの激戦の一騎打ちで負傷していたので、芦毛の若い《イラナ》号にうちまたがって、マルガ離宮を出た。奇妙なことに、それこそ死に絶えたようにひっそりと重苦しくしずまりかえり、底深い緊張をたたえていたマルガ市街は、わずかによみがえったかのようにみえた。まだ、おもて通りにはまったく市民のすがたもなく、ゴーラ兵のすがたばかりがみちていたが、その奥の路地のあたりには、そっとようすをうかがう男や、そろそろと窓をあけて下を見下ろしているもののすがたなども見られたのだ。何か、ひそかな情報網で、リムの森に二万五千のグイン軍と五千のサラミス軍、そして果敢にもそれをひきいるリンダ王妃とヴァレリウス宰相がマルガを解放すべくやってきている、ということが、すでに絶望したマルガ市民たちにも伝わって、マルガは息をふきかえそうとしている、というようなひそかな印象をうけた。イシュトヴァーンはにがにがしい顔でそれを無視した——このような古い国の古い町のもつ、底ぶかい生命力のぶきみさ、などというものは、若くたけだけしく、ひたすらおのれの獰猛さだけをたよりに突き進んできたイシュトヴァーンにとっては、鬱陶しい、むしろあやしい怪物じみたものにしか思われなかったのだ。

マルガを出たのは、三千のシン・シン軍も一緒であった。それから、シン・シン軍は、同盟軍の斥候に見張られていればこれが条約違反になることはわかっていたので、ややあって街道を離脱し、参謀が選んだ裏道を通って伏兵としてことにそなえるために西側の山中に入っていった。そこからは、まっすぐにアリーナの会談場所に丘をかけ下って突っ込めるはずである。

アリーナは、森と森のはざまのしずかな小さな川のほとりの田舎の集落であった。すでに住民たちは避難し、ぽつりぽつりとあまりくっついておらずにたっている家々にもひとかげはない。すでに、同盟軍の首脳と百騎の護衛は、アリーナのその集落のはずれ、美しい野の花々が咲き乱れているちいさな川のほとりの野原に、天幕を張らせてイシュトヴァーンの到来を待ち受けていた。

「イシュトヴァーン陛下」

銀色の聖騎士のよろいをつけた数人のパロ騎士が、白旗をくくりつけた、穂先をとり

はらった槍をおしたてて、イシュトヴァーン一行を迎えにアリーナのはずれに待ってい
た。
「すでに、リンダ王妃陛下以下、皆様はお揃いでお待ちであります」
「………」
そのことばをきいた瞬間、イシュトヴァーンの顔になんともいえぬ奇妙な衝撃に似た
ものが走った。
だが、イシュトヴァーンは何も云わなかった。じっと、何かに耐えるようにくちびる
をかみしめ、ふしぎとひどく無口になって、マルコやウー・リーらをしたがえ、その天
幕をめざした。
「その天幕のなかにてお待ちであります。……こちらも、そのようにいたしております
ので、イシュトヴァーン陛下にも天幕へは相互の理解のため、護衛は極力お連れになり
ませぬよう、お願いいたしたいとのことでございますが――」
「だが、副官と親衛隊長は連れてゆく。当然だろう」
けわしくイシュトヴァーンは云った。
「マルコ。ウー・リー、それにユー・ロン、サイ・アン。アン・リン。同行しろ」
「は！」
名指されたのは親衛隊でも名うての勇士ばかりである。それらを従えて、イシュトヴ

アーンは無表情に、大股に白い大きな天幕のなかに入っていった。

（…………！）

中に入ってゆくなり、あやしい衝撃がふたたび、イシュトヴァーンをほとんどよろめかせるところであった。

天幕のなかに、まんなかにかなり大きい低い折り畳み式の机をおいて、そのむこうに、何人かのものが椅子にかけていた。まんなかに、プラチナ・ブロンドの髪の毛をきっちりとゆいあげ、そしてほっそりとしたからだに勇ましくも銀色の聖騎士のよろいをつけ、そして長い銀のマントをつけた、美しい若い女性がかけていた。そしてそのとなりに、巨大な体格の、豹の頭に人のすがた、その雄渾な体格を白い皮の、まんなかにケイロニアのかがやかしい紋章をうったよろいをつけ、豹頭の頂上にちょうどおさまるように作られた小さな携行用の宝冠をつけ、長い皮のマントのすそをひいた巨漢が座っていた。

そのうしろにもう少し低い床几に同じほど巨大な体格の、まだ若いもえたつような赤毛の戦士と、そして非常に顔立ちのととのった、すらりと背の高い貴族がひかえていた。反対側には、黒い魔道師のフードつきマントをつけた、小柄で灰色の目をした、もしゃもしゃと髪の毛をフードの下からはみださせた痩せた賢いねずみのような感じの男が椅子にかけていた。イシュトヴァーンはなんともいえぬ思いで、じっとその光景を見つめていた。

それから、ようやく彼が口をひらこうとしたときだった――

「イシュトヴァーン――！」

低い、だが――あまりにも万感の思いをこめた声が、すばらしいプラチナブロンドと、スミレ色の世にも美しい澄んだ瞳をもつ美女の口から発せられたのだった。

「イシュトヴァーン。――イシュトヴァーンなのね……本当に、あなたなのね……？」

「………」

イシュトヴァーンは、何も云わずに、ただじっと、彼女を見つめていた。

彼の黒い、だがもはや陽気にきらめいても、皮肉っぽく輝いてもいない、深い闇をたたえた恐しい目が、じっとかつて愛した少女を見つめていた。かつて彼は、彼女を奪うために王として戻ってくると誓ったのだった。

そして、彼は確かに王となり――約束したとおり、三年というわけにはゆかなかったものの――いま彼女の前に立っている。

だが、もはや彼女は彼の恋人でもなく、また、味方ですらなかった。彼女は、彼によって、愛する良人をとらわれた王妃として、彼をおそれげなく見つめ返しているのだった。

そして、また――

イシュトヴァーンは、ヴァレリウスには目もくれようとさえしなかった。そんなものはそこに存在さえしていないとでもいうかのように、彼の目はリンダから豹頭の巨人へ、そしてグインからまたリンダへとのろのろと向けられた。

「久しいな。イシュトヴァーン」

おもむろに——

重々しい声がグインのその豹頭の口から発せられた瞬間、イシュトヴァーンは雷にでもうたれたかのように身をふるわせた。リンダを見、その名をよばれた瞬間よりも、かえっていっそう、旧友——もはや友とはいえなかっただろうが——に声をかけられた瞬間のほうが、彼を戦慄させたかのようであった。

「このようなかたちで対面するとは予想外だったが——何年ぶりになるのか、カレーヌでともに戦うを得、そののちアルセイスで一別以来ということになるのか」

かれらの目にも変わりはてたであろうおのれとはうらはらに——

あまりにも、変わっておらぬ豹頭の勇士のすがたが、イシュトヴァーンの目をいたく焼いた。

いや——変わった、といえば確かに変わったのに違いない。かつて彼の知っていたグインは一介の風来坊の傭兵であり、がちゃがちゃとやかましく鳴る古ぼけた大剣を腰の太い皮の剣帯につるし、たくましい巨軀にななめに皮帯をまわし、そして膝までの編み上げのサンダルをはき、皮の足通しと、皮のマントをつけて、古傷だらけのそのみごとな巨体を風にさらして北の国を、またはるかな草原を、砂漠をともにさすらっていたものだ。

そののち、再会したおりには、グインはケイロニアの将官であり、それなりに格式を身につけた風情ではあった。だが、いま——

いまの彼は、世界に冠たる強国ケイロニアの、獅子心皇帝アキレウスの女婿であり、ケイロニア王の一代限りの名誉ある称号をうけ、ケイロニアの十二神将騎士団に号令を下す大元帥の身であった。その大きさのわりに敏捷でひきしまった巨体も、その上に乗っているふつりあいなまでに小さな不思議な豹頭も、そのトパーズ色の瞳も——そしてその雄大な体格も、重々しい声も何ひとつ変わってはおらぬものの、すでにその姿には、よし何も知らぬものであれたちまちにこれはただものではないと——その豹頭の神秘をのぞいてさえ——感じ取れるであろう威厳と、実に威風堂々たる英雄の貫禄、そしていっそう落ち着きを加えた剛毅でしかもおだやかな風情がそなわっている。

リンダにせよ同じであった。リンダもまた、すでにかつてのかよわい、だが勇敢なあのおてんばな紫の瞳のほっそりした少女ではなかった。ほっそりしたすがたのよさは十四歳のあのころと変わらない。だが、すでに、彼女のおもざしには、何回ものおどろくべき苦難を経、愛する夫のたびかさなる苦しみをともに手をとって乗り越え、そして、いま、神聖パロ王国の王妃と名乗ってそこにたつ、何かを超越した大人の勇敢な女性の落ち着きと、そしてなにものにもたじろぐまじき威厳とあでやかさとが、みごとに花開いていた。銀色の聖騎士のよろいとマントとは、彼女をいっそうむしろ女らしくなまめいてみせる役割をさえ果たしていた。だが、その色香のなかには、劣情をよせつけるような隙はまったくない。凜然としたその面差しをみれば、彼女のなかに凜烈の勇気と、そして愛と信念のためには決してあとにはひかぬ激しい剛毅な炎とがひそんでいることが、あまりにも明らかであった。

(俺は……)

イシュトヴァーンは、何か世にも奇妙なものをでも見るように、じっとその二人――かつて彼が友と呼び、あるいは愛して、そしてひとたび別れ、またはめぐりあった二人の旧知を見つめていた。かれらは変わっていた――そしてまた、変わっていなかった。かれらの気性は、おのれの信じたままの方向にまっすぐに発展し、みごとに開花をとげ、そしてかれらを力強く輝かせていた。かれらはかつて彼の知っていたとおりのかれらであり、そしてまた、すでにそのあのころのかれらではありえなかった。かれらは年をかさね、さまざまの人生の苦難にあって多くを学び、多くを経験し、そしてここに誇りやかに立っていたのだ。

そして、彼は――

彼は、おのれが――同じようにひさかたぶりの再会に感慨をいだいた旧知たちの目に、どのようにうつっているかを知っていた。知らずにはいられなかったのだ。彼とても、身づくろいをするたびに、おのれを鏡で見るのだったから。

彼は、かれらの目にうつるおのれがどのようなものであるのかを知っていた。かつての彼、それは明るくて、いい加減で、だが誰にでも好かれる、朗らかで、多少皮肉で、育ちのせいでずいぶんとがさつでもあれば荒々しくもあり、また幼い部分をも残していたけれども、人生を楽しみ、味わい、そして人生に夢をも理想をも、とてつもない野望をも抱いた若くて生き生きとした傭兵であった。誰もが彼のその若さと野望と夢とに魅せられ、誰もが彼を美しいと思い、そして誰もが彼の性格の欠点にあきれたり困惑したりしつつも、彼に手をさしのべたくなったものであった。だが、いまは――

彼は、ゴーラの殺人王であった。おのれがどのように呼ばれているかとて、彼が知らなかったわけではない。また、つい先日、幼馴染みのヴァラキアのヨナと衝撃的な再会をはたしたばかりである。ヨナの目にうつった自分を、彼はおのれ自身の目ではじめて見たように見たのだったし、それと同じようにかれら――グインとリンダとの目におのれがうつっていることをもよく知っていた。

暗い、狂気をはらんだあまりにも暗黒な目をもち、やせてげっそりとこけた頬になまなましい傷がまだむざんな跡を残し、全身にかさねてきた裏切りと殺戮と凄惨な狂気のにおいをまとわりつかせ、洗っても消えようもない血のにおいと憎悪と殺気とをたちのぼらせ、世界じゅうから孤立しようとしていることを知りつつ、なおもおのれの狂おしい殺戮によってなんとか道を切り開こうと尽きることのない虐殺をくりひろげている男――

かつて《災いを呼ぶ男》と名乗ったとき、それは彼にとってはむしろ誇らしげなものであったのだが――

グインのトパーズ色の目、リンダのスミレ色の瞳、そしてヴァレリウスの青灰色の瞳がじっと彼を見つめている。彼はぎらりと目を光らせた。

すさまじい反発のようなものが、彼のなかにゆらりとたちのぼった。彼はその暗黒の目に凄惨な拒否をはらんで、いかにも光と希望と、そして威厳とを代表しているかに見える二人を正面からにらみ返した。リンダのスミレ色の瞳が、驚きにうたれたように大きく見張られた。

「会談に入る前に、こちらの者たちを紹介させていただこう。ゴーラ王イシュトヴァーンどの」

ゆっくりと口をひらいたグインの重々しい声が、はっとイシュトヴァーンを我にかえらせた。

「……………」

「こちらは、わが副将にて、ケイロニア金犬騎士団を預かる金犬将軍ゼノン。――そしてこちらは、十二選帝侯の内、ワルスタット侯ディモス。そのうしろにひかえるのはわが親衛隊、竜の歯部隊隊長のガウスと申す者。貴殿との会談にさいし、この者らだけは同席させていただくことをお許し願いたい」

「同じく、神聖パロを代表しまして」

リンダがそれをひきつぐように、ゆっくりと続けた。

「わたくしは神聖パロ初代国王、聖王アルド・ナリスの妻、王妃リンダ・アルディア・ジェイナ。こちらは神聖パロの宰相をつとめます、上級魔道師ヴァレリウス伯爵。そして、そちらはサラミス公ボースどの、そして同じくサラミス公弟ルハスどの、ラウスどのでおられます。神聖パロを代表するものたちとして、この席に同席させていただきたく、お願いいたします」

「………」

イシュトヴァーンは答えぬ。どう答えたものか、考えてでもいるかのように黒い小昏い瞳でじっとかれらを見つめている。

心配になったマルコが思わず、そっと口をひらいた。

「わたくしは、ゴーラ王イシュトヴァーン陛下の副官、マルコと申します。こちらは親衛隊長ウー・リーほかの親衛隊の幹部をつとめる者たちであります。こちらよりは、我我が、イシュトヴァーン陛下のおつきをつとめさせていただきます。よしなにお願い申し上げます」

「ゴーラの副官マルコどのに、ウー・リー親衛隊長」

グインが、ゆっくりと、その名と地位をおのれの記憶にきざみつけるように、くりかえしながら、そのトパーズ色の目をじっと、マルコとウー・リーにむけた。

思わず二人は緊張をあらわに身をかたくした。——すでに見慣れたものたちであればともかく、天下の英雄のうわさも高い、伝説的なケイロニアの豹頭王その人の実物にははじめてまみえたのだ。そのうわさにたがわぬ悠揚迫らぬ威厳と貫禄、そしてなにかこちらを圧倒するほどの精気に、息をのまずにはいられなかった。

「ここまでご足労願い恐縮至極であった」

グインは、押し黙っているイシュトヴァーンを特に不審とも思わぬように、ゆったりとことばをついだ。

「しかしながら、このたびの不幸な突発的な出来事につき、われケイロニア王グインは旧友たる神聖パロのリンダ王妃より、同盟者として力を貸してほしいとの要請をうけた。力により、解決をはかるべくただちに戦闘に入るはたやすきことながら、心やさしきリンダ王妃はたびかさなるこのところの戦乱によりいたでを受け続けている、パロ臣民の窮状をみるに忍びず、といっておいでになる。……それゆえ、ケイロニア軍の最高指揮官として、俺がひとたびなりとゴーラ王に直接お目にかかり、なんとか流血にいたらず状況を打開するの道はなきものかと、模索してみようと王妃陛下に申し出た次第。――ゴーラ王には、快くこの首脳会見をお受けいただいたこと、あつく御礼申し上げる。いくさはもとよりわれとても、ケイロニア軍とても望まぬところ、流血の沙汰たりえずに事態が収拾できるものならば、俺にとりてもこの上なき喜びとなるかと。……それについては、まずは、ゴーラ王の真意をうかがいたいと思い、このようにまかりこした」

「……」

　グインの重々しい物言いに気圧されたかのように、イシュトヴァーンは黙っている。さきほどから、天幕に入ってから、イシュトヴァーンはひとことも口を開いておらぬ。マルコは気がかりな目でそっとイシュトヴァーンを見つめていた。

「イシュトヴァーンどの」

　グインがさらに重々しくことばをつぐ。

「貴殿の真意をうかがいたい。――かねがね、貴殿は、きくところによれば、神聖パロ王国の同盟者たるべく、むしろ神聖パロ王国をレムス王のパロとの決戦の窮地より救出すべく援軍を出し、旧ユラニア、現在のゴーラ王国よりはせ下って長駆マルガに下られたとうけたまわっている。その意気やよしと俺にせよかねがね貴殿の軍の動きに注目していたところ――この突然の奇襲につき、イシュトヴァーンどののまことに目指されたところは何か。また、現在貴殿は、からくも戦死をまぬかれた神聖パロ政府の幹部たちの半数、そして何よりも、神聖パロの聖王アルド・ナリス一世をマルガの離宮のうちに虜囚としてとらえておられる。この目的となされるところは何か。それにつき、率直なお心の内をうかがわせていただきたい」

「……」

それでもなお、イシュトヴァーンは、口を開かない。

リンダのスミレ色の目が、しだいに大きく、黒ずんだ光を帯びながらイシュトヴァーンを見つめている。それをはねかえすようにイシュトヴァーンは目の光を強くしながら、かたくなに口をつぐんでいた。

「イシュトヴァーンどの」

グインが、おだやかに繰り返す。

「ここは会談の場、どのように忌憚なき心の内をあかされてもそれでわれらが激昂するということはない。思うままを口にされよ。いかがか、イシュトヴァーンどの」

3

なおも――

イシュトヴァーンは押し黙っていた。

かすかに、グインたちのうしろに並ぶゼノンやディモスが目をみかわした。ざわっと、声にならぬ気配のようなものがたつ。

「イシュトヴァーン陛下……」

リンダが、何か言おうとした――

その、刹那であった。

「もう、しゃらくせえことはよしにしようぜ」

いきなり、鋭い、野卑でさえある声が、イシュトヴァーンの唇から放たれた。グインは髭ひとすじ動かさなかった。

「お互い、そんな、昔からの知り合いじゃねえか。あんたとも、グイン、お前とも、リンダ、ずいぶんと、いろんなことがあったもんだぜ。そうしていまこうやってはからずも敵どうし、王様どうしとして——ヤーンの神のいたずらとふしぎなお導きで、それぞれの軍隊をひきいて、戦場でひさびさに顔をあわせることになったんだ。ゴーラ王イシュトヴァーンどのだの、目的となされるだの、率直な真意をうかがいたいだの、下らねえごたくは抜きにしようじゃねえか。ええ？」

「ま……」

リンダはほんのちょっと、美しい眉をひそめた。

ヴァレリウスはひっそりとフードのかげから、イシュトヴァーンをじっと観察するように灰色の目を注ぎながらひとことも発さない。

「それは、いかにもおぬしらしいが、イシュトヴァーン」

グインは、驚くようすもなく、相変わらずゆったりと答えた。

「相変わらずだな。……が、儀礼を抜きにしてということであれば、俺もそのほうが有り難い。それは差し支えはないが、しかし真意をうかがいたいことについては、変わりはないな。これはそのための会談であるゆえな」

「あんたも、相変わらずなんだな。豹頭のグイン」

イシュトヴァーンは、するどい目でじっとグインを見つめながら云った。

「あのころは……あのころから、ってどのころだかわからねえけどな……お前はいつもそうやってなんかやけに重々しげで——その態度にみんなごまかされて、ついつい思ってもいねえことを吐かされちまったり、そのつもりになっててまるめこまれたりしちまってたもんだ。――王になっても、相変わらずなんだろうな、やっぱり、あんたはな」

「まあ、おぬしのいったことが妥当かどうかはともかく、人間の本性などというものは、そうそう簡単には変わるものではないだろうからな、イシュトヴァーン」

グインは苦笑まじりに答えた。

「が、確かに、そのむかしおぬしや、そしてリンダ、いまやふたつのパロのいっぽうの王であるレムスの双生児とアルゴスの草原を、ノスフェラスの砂漠を、レントの海をこえてきた思い出の数々は俺のなかで消えたわけではない。……俺とても、出来ることならば、おぬしと剣をまじえたいとは思わぬ。まして兵をひきいて激突するなどということはな。旧友と戦うなどというのは、俺にとってはさほど愉快なことではない。それゆえに、もしも交渉で解決できるものであるのなら、俺はおぬしと話してみたいと思ったのだ。――では、率直が好みだというのならそうしよう。イシュトヴァーン、おぬしは、この奇襲によって、何が目的だ？　また、何が望みだったのだ、そもそものところ？」

「俺は」

イシュトヴァーンはこんどはちゃんと答えを用意していた。

反発するようにじっとリンダとグインを見返しながらきつく云った。

「俺は、マルガを救援のために難儀をかさねてゴーラから南下してきた。だがいくたびも使者を送り、親書を送り込んでもナリスさまはそれを黙殺して返事もくれなかった。そのうちに、そうこうするうちにどんどん情勢はかわってゆき、あんたの──あんたのことだよ、グイン、あんたの軍勢がそっちに到着したから、俺のほうは用なし、ということになったらしい。それはあまりにひとをばかにした仕打ちじゃねえか──それじゃ、はるばるゴーラからこれだけの兵士どもをひきつれて援軍にきたゴーラ王たる俺の立場も面子もまるつぶれってものなんだよ。だから、俺は、ゴーラ土を怒らせるとどんなことになるか、ってことを、マルガの連中に目にものみせてやったってわけだ」

「われらは」

ヴァレリウスが、はじめて口をひらいた。

「われらはゴーラ軍の援軍を無視はいたしておりませぬ。──ゴーラ王がおおせになるその話の現在マルガ政府は八方を敵にかこまれ、きわめて困難な状況にございました。ただちにゴーラ王陛下に援軍を感謝し、それをお受けできる状況にはございませんでしたゆえに、それをどのようにご説明したらよろしいものかと日夜苦慮もしておりましたし、また、なんとかして、それを諸般の事情を折り合いをつけて、御厚意をお受けできるようにしてゆこうとしておりましたさなかの奇襲でございました。……もしもまことにマルガ奇襲がそのような、ただいまおおせになったようなお気持ちのみからでございましたら、あまりにもそれは短慮と申すべきかと、おそれながら」

「何が短慮だ。この魔道師野郎」

イシュトヴァーンは口汚く云った。

「じゃあいったいどんな事情があったっていうんだよ？　え？　いってみて貰おうじゃないか。困ってるっていうんだったら、それこそ、俺の援軍ほどありがたいものはねえはずだろ。お前らは、ゴーラとケイロニアの援軍をはかりにかけて、ケイロニアをとることにキメやがったんだ、そうだろうが」

「その事情とはたとえば」

ヴァレリウスはするどい目でイシュトヴァーンを見据えた。

「同時期に援軍を要請し、こころよく受けて下さって、わが軍にすでにお入り下さっていた、もとアルゴスの黒太子スカールどのの軍勢との折り合い、というような問題でありました。——ゴーラ王はスカールどのはスカールどのとのあいだにかつて、確執を持っておいでになります。それゆえ、スカールどのはゴーラの援軍を受けるのであれば、スカール軍はすべて撤退するであろうとたいへん強硬に主張されました。そのおりにはスカール軍はすでにわれらと合流しており、いっぽうゴーラ軍はまだ、いつ合流なされるかわからぬ状況にありました。一兵たりとも減らすわけにゆかぬ状況にある軍勢にとって、たいへん強力なスカールどのの軍隊がその場から脱落することは、その場でわれら神聖パロ軍の全滅をさえ意味しかねなかったのです。そのような事情がいたるところにあったということ、ゴーラ王にはおわかりになりますか」

「何……」

イシュトヴァーンの目が細くなった。

ヴァレリウスはつけつけと続けた。

「またわがパロ国民はかつての黒竜戦役の怨念をいまだ忘れてはおりませぬ。そしてゴーラ王は、もとをただせばモンゴール大公アムネリス、わがパロを侵略し、征服し、前国王夫妻、すなわちここにおられるリンダ王妃陛下のご両親を惨殺しわが国を凌辱したモンゴールの大公の駙馬《ふば》であられます。——そのパロの国民感情を無視しては、国民の意志にささえられて兵をおこせし神聖パロは存続し得ませぬ。われらとてもそのような事情多々ありということすら、ゴーラ王にはおわかりなきか。また、そのためにスカール殿下との間が決裂し、わが聖王陛下がいかにお心をいためられ、苦衷に立たれたか、それすら御斟酌のお心はなきか。失礼ながら、それではあまりにも国際政治、また帝王としての民意についてのおもんばかりを欠落するものと申せましょうかと」

「何だと」

イシュトヴァーンの目がこんどはかっと火を噴くようにヴァレリウスをとらえた。

「なんだか知らねえがぺらぺらわけのわからねえことを喋りやがって、結局は要するに、俺がきたのが迷惑だ、ってはっきり正面から云えなかったてめえが悪いんだろう。ぐだぐだぐだぐだ、下らねえ理屈をわけのわからねえ言い方で言い回しやがって、いつでもきさまらはそうやってうだうだ云ってごまかそうとしてばかりいやがるから、まことの真意もへちまもねえっていうんだ」

「イシュトヴァーン、イシュトヴァーン。そのように云ってしまっては、身もふたもあったものではない」

グインはいっかな驚くようすもなく、苦笑しながらとめた。

「また、ヴァレリウスどののもちとたしなまれたがいい。……確かに神聖パロの聖王を奇襲という、いささかあらくれた方法によって虜囚とされ、王国の当面の心臓部たるマルガを踏みにじられたとあっては、感情的になるのも無理はないが、そのように言い合っていても交渉は進展するものではない。……ともあれ、イシュトヴァーン、おぬしももはやゴーラ王の身だ。一介の傭兵どうしであったかつてとはわけがちがう。お互いのうしろにはそれぞれの国家があり、その国家に所属する大勢の民草がいて、われらはその民草の平和と安寧を考えてやらねばならぬ義務をもつ帝王の身なのだということを、忘れまい」

「おめえもわけのわからねえごたくは得意だよな、グイン」

いっそう苛立ったようにイシュトヴァーンは答えた。

「だから、そういう言い方をすれば、真意だなんだもわけがわからなくなるっていってんだ。――もっと、そんな説教だの、ごたくじゃなくて、すっきりと普通に話をするこたあできねえのか。こんなんじゃ、俺がわざわざここまで出てきてやった理由がないっていうもんだぜ」

「ならば――」

グインが言いかけたときだった。

「ならば、私からいうわ。イシュトヴァーン、ナリスを返して」

いきなり、リンダの声が、人々をはっと沈黙させた。

「……………」

イシュトヴァーンはこんどは、妙にゆっくりと目を細めてリンダに目をうつす。

「はっきり云ってほしいというのなら、何回でも、どれほどでもはっきりいうわ。イシュトヴァーン、ナリスは病気よ。それも重い病気だわ。ほかのどのようなことがあったとしても、それはそのこと、ナリスのような、体も不自由で自由に動くこともできぬ人をとらえて人質にするのは卑怯ではなくて。ナリスを返して欲しいの、イシュトヴァーン、そのために、何が必要なの？　神聖パロに、大切な国王を返してもらうためには、あなたに何を支払えばいいの」

「……………」

「リンダさま」

った。

ヴァレリウスがとがめるように口をひらきかけたが、リンダはそれを見向きもしなかった。

「身代金、それともあなたの望みをきいてあげること、それとも私が身代わりになることができるのならいますぐそうしてちょうだい。あの人は病気で、私は健康だわ。病気のあの人にとっては、人質にされていることは、ああしてマルガが陥落させられたことともども、非常な苦しみになっていると思うわ。私は妻として、あの人をこの世の誰よりも愛しているものとして、また神聖パロの王妃として、その苦しみを想像するにしのびない。彼を解放して、イシュトヴァーン、そのかわりに何が欲しいのか云って。あなたは何が目当てで彼を幽閉したの」

「………」

イシュトヴァーンは、どう答えたものか、と考えまわすように、ゆっくりと目を細めてリンダを見つめながら、舌で唇をそっとなめた。

リンダのスミレ色の瞳はこゆるぎもせずに、かつては（愛している）と彼女に囁き、彼女もまた（愛しているわ）と答えた蜃気楼の恋の相手を見つめ返していた。その頬がいくぶん紅潮し、その目はきらきらと輝いていた。

「さあてね……」

ややあって、ようやく、イシュトヴァーンはずるそうに口をひらいた。

「なんて答えたら、あんたは満足するんだろうな、王妃さま。……あんたをかわりにイシュタールに連れてくよ、っていったら？」

「もちろん、私はあなたについてゆくわ。それでもしあなたが本当にナリスを解放し、マルガから兵をひいてくれるというのなら」

「リンダ」

グインがいうのと、

「陛下」

ヴァレリウスがするどく制するようにいうのが同時だった。

「リンダ。それでは交渉ごとにはならないぞ」

グインがかすかに笑いを含んでいう。リンダはつんと頭をそびやかした。

「私はナリスの命をかけひきの材料に使うなどということからしていやだわ。私にとってはそれはかけひきにできるようなことではないの。ナリスがイシュトヴァーンに捕えられている、ということ自体がもう、私にとっては何もためらう余地などない、何を支払おうと、取り返さなくてはならない、ということなんだわ」

「しかし、それでアル・ジェニウスのお身代わりに王妃陛下が人質になるなら、事態はわが神聖パロにとっては何ひとつ変わりませんよ」

ヴァレリウスがにがい顔をしてたしなめるようにいう。リンダはこんどはまっすぐにヴァレリウスを見つめ返した。

「そんなことはないわ。王妃は王妃、国王は国王、たとえ身動きも不自由でも、ナリスが神聖パロのただひとりの王であることには何の変わりもない。王妃が人質になっていたところで、国家の存続には影響はないけれど、国王がそうなるわけには——それは神聖パロの存続にかかわるわ」

「しかし、王妃陛下」

「まあ待てよ。俺はたとえ話をしただけのことだぜ」

ずるそうにイシュトヴァーンが云った。

「なにもいますぐ、あんたを身代わりに連れ去るなんていってねえじゃねえかよ。……第一、そっちじゃそうかもしれねえが、こちらにしたって、マルガを奇襲で攻め落としたのは一応奇襲じゃあっても正当な戦争だと思うが、王妃をさらってゴーラに連れて帰ったら、そりゃ、また、野盗のすることだの、赤い街道の盗賊の手口だのって、さんざんあんたら偉い連中の非難をあびるんだろ」

「もう、さんざん非難はあびてるでしょうに。いやというほど」

思わずヴァレリウスが云った。イシュトヴァーンはそちらをにらみつけた。

「お前がおしゃべりのいやなガーガーだってことはもうよく知ってるぜ。俺は」

イシュトヴァーンはするどく云った。

「そもそもお前こそ、あのマルガの、リリア湖の中の小島で、ナリスさまが俺と会って、俺とナリスさまは運命共同体だっていってくれたときに立ち会ってただろう。ここにいたマルコだって立ち会ってたけどな。なあ、マルコ、そうだろう。お前だって覚えてるな。……あれだけはっきりと、誓いをたてて、運命共同体だとまでいって——それで、俺が約束を守って援軍をひきいてかけつけたら、ケイロニア軍のほうが強いし役にたつからそっちはもういらねえって、そりゃねえよって話だろ。子供の使いじゃあるまいし、それじゃ俺はゴーラには二度と帰れねえよ、恥ずかしさのあまりよ」

「あの折りの密約はナリスさまにあなたが謀反をけしかけるものでこそあれ、神聖パロとの同盟の約束などではなかったはずです」

ヴァレリウスが叫んだ。

「そもそもあのおりには、神聖パロなど、まだ存在していなかったのですから。……そして情勢がかわれば当然ものごとは変わります。あなたには、そんな単純なことさえわからないんですか。我々はこの現代に、単独でそれこそ野盗の集団のように野原に存在してるわけじゃないんですよ！」

「ああ、ああ、お前のいいそうなことだな、魔道師野郎」

イシュトヴァーンは言い返した。

「そうやってなんでも、情勢が変わりましたで片付けられると思ってるんだな、どんなことでもな。……だが、ひとの心ってのはそうそう簡単にゃ、片付けるわけにゆかねえんだぜ。俺は、そうやって片付けられやしねえし、そうやって片付けようとしたから、お前らに目にものみせてやっただけだぜ。わかったか。いや――思い知ったか、というべきかな」

「あなたという人は――」

「これこれ、子供の喧嘩をしているわけじゃないんだぞ」

グインが苦笑しながら手をあげた。

「ヴァレリウス、おぬしもやめるがいい。イシュトヴァーンの挑発にのっていても事態はいっこうに展開はしないぞ。……リンダの申し出はそれとして、では、イシュトヴァーン、神聖パロがそれを受けるかどうかはまったく別として、おぬしのこのたびの望み――それをきいてくれればナリスどのを解放しよう、という条件とは、リンダ王妃を身代わりに人質としてイシュタールにともなうこと、それなのか？」

「俺はそんなこたあ云ってない。その王妃様が云ったんだ」

イシュトヴァーンは答えた。その目がいくぶん毒々しい辛辣な色をたたえ、口もとに皮肉な笑みが浮かんできた。

「王妃様は、たぶん俺がそれで喜んでナリスさまを解放するだろうと思ってんだろうな。だが、俺はなにも人質をとってどうしようってんでもねえぜ。俺があんたをイシュタ一ルに連れてってどうしようってんだ？　これでもゴーラには俺の女房もいれば、まもなく生まれるはずのガキまでいるんだぜ。あんまりうぬぼれないでもらいたいね。第一俺は何も、人質をとって身代金かせぎのためにナリスさまを捕虜にしたわけじゃねえ。ナリスさまが自分の命をかけて、マルガの市民を助けてくれなければ自殺するっていうから、逆に、俺が、おとなしく兵をひいてナリスさまの命を救ってやったんだぜ。あんたらに感謝されこそすれ、そんなふうに悪人扱いされるなんて、どっか間違ってると思うんだがな」

この放言をきいてヴァレリウスの顔がかっと怒りにあからんだ。リンダでさえ、思わずスミレ色の瞳をけわしくしたが、彼女は自分をおさえた。

「それは言い過ぎというものだぞ、イシュトヴァーン」

グインがまたたしなめるようにいう。

「そもそもはおぬしがマルガに奇襲をかけたことからすべてがはじまったこと、それはあまりにも強弁というものだろう。が、まあそれをいっていてもしかたがない。では身代金のためでもなく、リンダを身代わりに連れてゆきたいというのでもないとすれば、おぬしは、何と交換条件ならば、ナリスどのを解放してくれるのだ？　むろん、まあ、俺はおぬしと矛をまじえたくてこのような場所にきたわけではない。俺が兵をひき、おぬしの軍を無事にユラニアへ引き上げさせるのを条件というのなら、リンダやヴァレリウスが賛成ならば俺はそれをのむと思うが」

「俺は――」

イシュトヴァーンは、激しい、挑戦的な目つきでかれらを見返した。

視線の壁が、彼の前にたちはだかり、彼を断罪し、彼のしたことを告発し、怒りをむけている――それをありたけの力ではねかえすように、彼は荒々しく笑った。それはある種、凄惨な笑いであった。

「俺の望みは、神聖パロの聖王アルド・ナリスをイシュタールに連れ去ることだ！」

イシュトヴァーンは激しく、なにものかにいどむように言い切った。さっと、ヴァレリウスの頬が紅潮した。

「他のやつなど、身代わりに立つことはできねえ。俺が望むのはただ、ナリスさまの身柄、それだけだからな。……兵をひいて俺を通すというのなら、ナリスさまには危害は加えねえ。――だが、ナリスさまを解放するわけにはゆかない。俺はイシュタールに帰る、そしてナリスさまは連れてゆく。止められるものなら、止めてみろ。きさまでも、グイン、お前でも、リンダ、そしてきさまでもな、ヴァレリウス！」

「なんてことを――！」

リンダは思わず椅子から立ち上がった。両手をよじりあわせ、うめくような声をあげた。

「なぜ、あの人にそんな酷いことを！　あの人は病気なのよ！　そんな——イシュタールになど幽閉されたらこんどこそ本当に死んでしまう！」

「殺しやしねえさ。大事にしてやるよ」

皮肉な微笑をうかべながら、イシュトヴァーンはうけあった。

「そんなに心配なら、あんたもついてきな、王妃様。大事な旦那さんによ。止めねえぜ、ついてくる分にはな。……そうだ、どうせもう神聖パロなんざ、あってなきが如きものなんだろう。いっそのこと、イシュタールに新しい王国をたてたらどうだい。それなら、レムスだって手出しできやしねえぜ。一番、安全なんじゃねえのか。……そもそもが、お前たちみたいにから弱い連中が国をたてるのどうのって、お笑いぐさみたいなもんだと俺は思うな」

「…………！」

ヴァレリウスが反射的にこれまた立ち上がったが、グインがするどくとめた。

「やめろ。挑発に乗るな、といっているのがわからんのか」

「……」

ヴァレリウスは蒼白になりながら座った。その目は、目で焼き殺さんばかりにイシュトヴァーンをにらみつけていた。

「あなたは——なんてことを……どうしてそんな、ひどい——酷いことを云えるの…

…」

リンダが叫んだ。だが、それも、グインはおしとどめた。

「まあ、よいからもうちょっと彼に喋らせるがいい。俺にはことのほか、彼のことばは興味深い」

グインはおだやかに云った——何ひとつ、変わったことなどなかったかのような口調だった。

「それにしても、イシュトヴァーン、俺はその点にこそもっとも興味をそそられぬわけにはゆかんな。……いったい、何のために、おぬしはそれほど、ナリスどのをイシュタールに連れてゆくことに執念を燃やしているのだ？　いったい、ナリスどのをイシュタールに連れていって、どのような目的がある？　そもそも神聖パロを樹立することをそそのかしたのがおぬしだという、ヴァレリウスのことばを信じるなら、おぬしとしては、ナリスどのが元気で、神聖パロが国家として安定し、そしてゴーラの盟邦として活躍し、力をもってくれることこそもっとも望ましいことなのではないのか？　なぜ、このたびの奇襲に走り、ナリスどのをそうして連れ去ろうとする？——俺には、おぬしがそのようにナリスどのに執着する理由がまったくわからんが」

「………」

グインのことばは、イシュトヴァーンに意外な反応を呼び起こした。

彼は、いきなり、雷にでもうたれたように、グインをにらみつけた。

「なんだと」

「俺は、おぬしがなぜそのようにナリスどのをイシュタールに連れてゆくことに執着するのだ、ときいているのだよ。イシュトヴァーン」

ゆっくりとグインは云った。彼の目は、強く深い光をうかべ、その頭のうちまで突き通すばかりにイシュトヴァーンを見据えていた。

4

「俺は……」

　イシュトヴァーンは、口ごもった。

　グインは容赦なく追い打ちをかけた。たたみこむような声が、びいんと大きくなり、その声そのものに、それまではひそめられていた、激しく強烈な、鞭うつような命令の響きが加わってくるのを、同席したものたちは、驚愕しながらきいていた。

「云ってみろ。……率直に話すとおぬしは云った。どのようなことであれ、云ってみるがいい。それがおぬしとして、無理からぬことと思えば俺はおぬしの言い分をきかぬでもない」

「グイン！」

　仰天して、リンダが何か叫ぼうとする。こんどは、ヴァレリウスが、いきなりリンダを目顔でとめた。

「俺は……」

「そうだ、云って見ろ、イシュトヴァーン」

グインの巨体が、さらに巨大になり、まるで天幕一杯にまでふくれあがって、イシュトヴァーンの前に立ちはだかって見下ろしている、というような錯覚が、ひとびとをとらえた——

イシュトヴァーンは、まるで、逃げ道でも探すかのようにあたりを見回した。が、リンダの目、ヴァレリウスの目、そしてゼノンたちの目の壁にぶつかると、いきなり激しく横をむいた。それへ、さらにグインの声が響いた。

「それはおぬしの考えか。俺にはそうとは思えぬ。……よしんばおぬしがナリスどのにどのようないきさつがかつてあり、どのような思いをもっていたにせよ、いまここでナリスどのをイシュタールに拉致すべきどのような理由があるのか、俺にはわからぬ。——俺には、それはおぬし個人のものというより——たれかにそのように考えさせられているように思えるぞ！」

「な……っ……」

イシュトヴァーンはまるで、頭が痛む、とでもいうかのように激しく目をつぶった。

「云え！」

グインの声が鞭のように鋭くなった。

イシュトヴァーンはいきなり両手で、痛くてたまらぬ頭をつかむかのように耳をおさえた。

「陛下！」

マルコが腰を浮かせかける。それへグインの激しい叱咤がとんだ。

「動くな、副官。――これは、われらだけではない、中原すべての――ひいては、おぬしら自身の安否にもかかわる大変な問題なのだぞ！」

「は……は……」

狼狽しながらマルコは腰をおとす。イシュトヴァーンのようすが、変わっていた。

その顔は蒼白になり、まるで何かを思い出そうと――それとも、なにものかが頭のなかを長い目にみえぬ指でひっかきまわしている、とでもいうような苦しげな表情がうかび、彼の顔は激しくひきゆがんでいた。

その唇から、何回か、しぼりだすようなうめきが洩れ――それから、苦しそうな奇妙な、まるで遠くからかすかにきこえてくる命令にでも耳をこらし、それを繰り返しているかのような声がついに洩れた。

「古代――機械……」

「何だって――」

ヴァレリウスのおもてが、ふいにこわばった。

「古代機械……古代機械を……手に入れるんだ……そう――しなくてはならないんだ…

「……」

「グインどの――」

ヴァレリウスの目が、激しくグインの目をもとめた。

グインは、しずかにうなづいた。そのようすには、まったく動揺は見られなかったが、そのトパーズ色の目の強い輝きが、その落ち着いたようすを裏切っていた。

「ほう」

だがグインは、イシュトヴァーンを、というよりもイシュトヴァーンを通じてそのようなことばを吐かせているものを警戒させることを恐れるかのように、ひどくおだやかに、低く云った。

「古代機械か？――イシュトヴァーン、もう一度云って見るがいい。――おぬしは、かの伝説的な――パロ、クリスタルの都にあるときくあの古代機械を手にいれなくてはならない――というのだな？」

「そ――うだ……」

イシュトヴァーンの顔が、またしても何か、非常な苦痛に襲われでもしたかのように激しくひきゆがんだ。

ヴァレリウスの顔にももう、まったくさきほどの激怒の影さえもなく、ただ激しく興味をそそられた光だけがおしひそめられて浮かんでいる。

誰も口をきくものもない——マルコたちゴーラのものたちも、また同盟軍の武将たちも、一様に息をのみ、邪魔をせぬよう声さえもひそめて、手に汗を握り締めて意外なことのなりゆきを見守っている。

「それは、解せぬな、イシュトヴァーン」

おだやかに——あくまでおだやかに、グインが云った。

「おぬしはそのようなものの存在をどこで知った？　以前から知っていたのか？　とてもそうは思えぬな……そしてまた、おぬしは、それを手にいれて、いったい、どうしようというのだ？——いやさ、そのような秘密が、おぬしのような男のどのような役にたつというのだ？　俺はそれが聞きたい。なあ、イシュトヴァーン、古代機械というのがどのようなもので、何をするためのもので——そして、どのようないわれのあるものか、おぬしは知っていて、そう云っているのか？」

「俺……俺は……お……」

「云ってみろ。古代機械とは何で、どのようなものだ？　なぜ、そのようなことを知った？……俺は、たまたまそれについては多少のことを知っている。もしもおぬしが興味があるならば、交換条件にずいぶんといろいろ教えてやることさえ、出来ぬものではないのだぞ。イシュトヴァーン」

「俺は——俺は……ウ……」

イシュトヴァーンのようすが、みたび変わった。

ふいに、なにものかにつかまれていた脳から、その見えぬ指がはなれた、とでもいうかのように、イシュトヴァーンは、冷たい苦悶の汗を額にうかべながらも、悪夢から目がさめたような表情であたりを見回した。

「俺は——俺はいったい……」

その唇からかすかな声がもれた。

が、やにわに彼は立ち上がった。

「すまぬが、俺は少々気分がよくない」

彼は、奇妙な、切迫した声でいった。

「ちょっと休ませてくれ。……一ザンもあればいい。そのあとにまた話の続きをする。ちょっと時間をくれ」

言い捨てるなり——

彼はあとをも見ずに、天幕から、マルコたちがついてくるのさえも待たずにどんどん出ていってしまった。

「イシュトヴァーンどの！」

あわてて、ゼノンが腰を浮かせる。サラミス公兄弟やディモスもあわてて立ち上がろうとする。だが、グインとヴァレリウスは動かなかった。

「陛下！」

「ちょっと、休ませてほしいそうだ」

グインはかすかな笑みを含んだ声でいった。

「それもいいだろう。――ちょうどいい、われらにも、飲み物でも貰おうか。……ゴーラのかたがた、それでは、一ザンのちでかまわぬな。それまで、われらはここにあって休憩をとっていよう。ゴーラ王はご気分がすぐれられぬそうだ。王が落ち着かれたら、われらに連絡をたまわりたい」

「か、かしこまりました」

ウー・リーは不安そうにいった。マルコはイシュトヴァーンのあとを追ってすでに天幕をかけだしていってしまったあとであった。ウー・リーは、同行していたゴーラの将校たちに合図して、あわてて立ち上がり、天幕を出ていった。

しばらく、なんともいえぬほど奇妙な沈黙がたちこめた。

「さて……」

沈黙を破ったのはグインであった。

「ずっとここにいるとはいったものの……少々われらには軍議が必要のようだな。ヴァレリウス、さきほどの、リンダの天幕にまた集まることにしよう。すまぬがサラミス公たち、それにゼノンとディモスはここで待っていてくれ。……ヴァレリウス、リンダ」

「はい」

グインの巨体が立ち上がり、悠然と天幕を出てゆく。それに、ヴァレリウスとリンダが続く。

「――なかなかに、興味深いひと幕だったな」

リンダの休息や着替えのために特別にその天幕のうしろに張られていた、小さな天幕のなかに入るなり、グインは云った。

「ヴァレリウス、この天幕には、結界のほうは」

「大丈夫です。さきほど私が張りました」

「どう思った、おぬしは。やはりイシュトヴァーンにはその――おぬしのいう《魔の胞子》が植え込まれているようか」

「それが……」

ヴァレリウスはフードをはねのけて痩せた聡明な顔をさらし、なんともいえぬ複雑な表情をした。

「これが……微妙なところです。……確かに、彼はキタイ王と接触し、その魔道をうけたと思います――それは、十中十そのとおりでしょう。しかし《魔の胞子》が植え込まれていれば……おそらくは、もっとなんというか……なめらかに反応すると思うのです」

「ほう」

「それに私のつたないわざで……イェライイシャ導師におそわったとおりにこっそり走査してみたかぎりでは、明らかにイシュトヴァーンの全身に、《魔の胞子》の気配はないのです。……イェライイシャ導師におそわったわざでは、もしもどこかに《魔の胞子》が植え込まれていれば、私がそのわざによって調べれば、植え込まれた部位が私には発光して見えます。……というか、そのなかで成長しつつある《魔の胞子》が光りを放っているのが見えるのです。イシュトヴァーンには、それがありません」

「ということは《魔の胞子》ではないか」

「うんと深く植え込まれているか、あるいはヤンダルがその後さらに魔道のわざを改良して、イェライイシャ導師のそのわざでは見抜けぬような《魔の胞子》の植え付けかたをあみだしたのだったら……あるいは同じようなわざであっても、《魔の胞子》とは似て非なるものを使ったとしたらこれは私にはいかんともしがたいということですが」

「ほかにも、しかし、ひとの心を遠隔であやつり、思い通りにさせるわざは魔道にはいくらでもあるだろう、ヴァレリウス。——それがまあ、魔道のおきてで禁じられているかどうかは別の問題にしてだ。そもそも黒魔道では、死人のからだを操ったり、俺がクリスタル・パレスで見たごとく、生きた人間の脳をあやつったり——そうしたわざこそが本領といえるのだろうからな。ことに《魔の胞子》を使ったようすはないまでもな」

「それはそのとおりです、グインどの」

「俺はクリスタル・パレスや、また何回かの黒魔道との遭遇を経た結果、だいたいこのような結論に達している」

　グインは云った。

「黒魔道によって人間を操るには、四通りの方法がある。ひとつはおぬしのいう《魔の胞子》で、これは最初はまったくあいてに気づかれぬままましだいにはびこり、脳にはたらきかけ、さいごには完全にそのものをのっとってしまう。おぬしがいっていた、間諜としてカレニア政府軍に入り込まされていた魔道師などが、それだな。はじめはまったくこれまでどおりで、それがしだいに敵対する行動をとるようになるから、いつから完全に敵の手先になったのかなかなかこちらにはわからない。……そのかわり、おぬしの知ったそのわざで簡単に《魔の胞子》を発見することができる。……それは、取り除けるのか」

「早いうちでしたら。胞子をぬきとってしまえば脳には影響はありません。ただこれは脳そのものに入り込み、脳を支配してしまうので、あるていど以上進んでしまうとこんどは、それを抜き出そうとすると脳が壊れ、使い物にならなくなるか死ぬかいたしますね」

「もうひとつは死人使いだ。これも、完全に死んでしまったからだを、ただ機械人形として動かすものと、リーナス卿のように、死者にかりそめの闇の生命をあたえて、ゾンビーとして動かすものとふたとおりあるようだ。……この死人使いについては、俺はかつてサルデス国境の森でこのわざによって操られている死人の軍勢と戦ったことがある。これらはほとんどそれ自体の判断力などはなく、ただ命令によって機械的に手足を動かし、戦えと命じられれば戦い、やめろと命じられたらやめる——死人のからだを使った自動人形にすぎぬ。これは比較的簡単な黒魔道のようで、〈闇の司祭〉グラチウスでも使うな。……いっぽう、リーナスのようにゾンビーを使うほうは、もうひとつ高級な黒魔道のようだ」

「黒魔道の禁忌の死びと使いの術については、古代からよく知られておりますし——たいへん腕のいい黒魔道師なら、何人かのゾンビーをおのれの中継地点として使い、それらに命令を伝えさせてさらにその下でそれらの死人を人形のように動かすこともできるとされています」

「それはまったく簡単にできるようだな。俺はそういう連中ともクリスタルで戦った」

グインは思い出すようにいった。

「そして、もうひとつは、《魔の胞子》でもなく、死んだ人間をでもなく、一応生きてはいるし、それなりの意識もあるのだが、命令にはどうしても従わざるを得ないような状態にされている生きた人間を操る術。……クリスタル・パレスで、レムスの臣下の貴族たち、貴婦人たち、またアルミナ王妃などがかけられていたのはおそらくこの術なのだろうと俺は思ったが。……俺の知っているかぎりでは、おおむね黒魔道師が人間を思うままにあやつる方法はこの四通りのはずだ」

「あとは、これは白魔道であれ可能なことですが、相手から誓約のことばを云わせ、それを言霊として、相手がおのれにさからえなくさせるという、『言霊しばり』の術というのがございますが……これは、ただし比較的弱く、相手の精神力が非常に強ければ、かかったなかからでも、はねかえしてしまうことが出来ます」

ヴァレリウスは考えこんだ。

「そうですね……イシュトヴァーンのようすをみていると……《魔の胞子》ではない、むろん死びと使いやゾンビーの術、あるいはさらに禁忌の秘技としての魂返しでもありえないのは明らかです。……しかし言霊しばりの術をかけられているとすると、もうちょっとイシュトヴァーン自身があのように……抵抗しないはずです。イシュトヴァーンは明らかに、頭の中からきこえてくる命令に従わされてものをいうのが、おのれでもかなり辛いようすでしたから。……ということは、おそらく……もっとずっと微妙な技ですね……後催眠でしょう」

「後催眠」

「はい。……魔道師というのは当然、非常に高度の催眠術師でもあります。おそらくイシュトヴァーンは、ヤンダルによって、『ナリスさまを拉致し、イシュタールに連れて帰れ、古代機械の謎をとくために、ナリスさまを手にいれなくてはならぬ』という命令だけを脳のなかに植え込まれたのではないでしょうか。……それが、おそらくこのたびの突然の奇襲の本当の理由だと思います。むろん、イシュトヴァーン自身が、それまでに、自分でいっていたような、あのケイロニアの援軍のほうをゴーラよりも、マルガ政府が選んで、イシュトヴァーンをないがしろにしたとか、そういう憤懣やうっぷんを抱いていたのは確かです。また、そういう下地がないと、ああいう精神力の強い人間にこのように強い暗示をかけ、植え込むのは無理です。まったく当人が思ってもいないこと、というのは、何回もしつこくくりかえして植え込んでしまわないと、なかなか効力がないのです。いまここでのんびりと分析しているほど時間がありませんが、ずっとお話していたように、レムス王がノスフェラスでカル＝モルの怨霊にとりつかれ、それを通じてヤンダルに遠隔操作されてしだいに完全に乗っ取られるにいたってゆくについても、そもそもまず、レムス自身にリンダさまの弟としておろそかにされているというひがみの気持や、いまにそれをくつがえして、おのれが王になってやりたいという不満や反逆の気持が下地としてあったからこそそこにカル＝モルが入り込めたので、まったくそういうものを持っていない、グインどのやリンダ陛下には、カル＝モルは同じ場所にいてもまったくとりつくことは不可能だったでしょう」

リンダは低くいった。二人の邪魔をせぬよう、じっときいていたのだ。

「じゃあ、レムスがああなったのはあの子自身のなかにもともと反逆や私への憎悪があったということなのね」

「失礼ながら、そのとおりです。というか、黒魔道においては、その相手のそういう部分がつけめとなる、というか、そうやって相手に向こうから引き寄せさせるのです。そのほうが、望んでないものに暗示を植え付けるより何倍も強力だからです。あとから無理やりに植え付けた暗示は、さきにいったように精神力が強ければはねかえせるし、でなくても最初の効力がだんだんうすれてくると、『おかしい、どうして俺はこんな考えにとりつかれたのだろう』と疑いはじめるようになり、そうなると一気に効力が低下してきます。そうなればなるほど抜け出しやすくなります。だが、もともと当人が持っていた考えの上にのった暗示は、きわめて有効で、逆に当人の考えそのものが発展したものとして、当人にもまったく疑われることがありません。それが本当に自分の考えなのか、誰かに植え付けられたものではないか、なんで自分はこんなことを考えたんだろう、と当人が疑問に思うことがないからです」

「恐しいわ」

リンダはそっとつぶやいた。

「そうやって、人間の考えを、他人があやつってしまうということが……無性に恐ろしいわ」

「多かれ少なかれ、魔道などといわずとも、ただことばで説得したり物欲をついたり——ありとあらゆるしかたで、人間というのは、他の人間をあやつろうとしているものですよ」

ヴァレリウスは云った。

「魔道はただそれをより系統的に発展させたり、ちょっとそれを強める補助として、心話の能力を悪用したりするだけのことです。逆に結界というのもほとんど同じ作用で、そうして心に干渉されるのをはらいのけるものなのですから」

「では、だが、ヴァレリウス、お前の考えでは、イシュトヴァーンは、後催眠をかけられて、あの奇襲をおこない、ともかくナリスどのだけを生かしてとらえ、そしてそれを連れ帰るように、という暗示による命令をヤンダルに植え込まれた——ということだな」

グインが話をひきもどした。

「そう考えるのがもっとも自然でしょうね。……もともとが、イシュトヴァーンがマルガに下ってきたことについては、これはあきらかにヤンダルの干渉の結果とは思えません。というか、ヤンダルがイシュトヴァーンに接触した、ということは……むろん私たちには知り得ないところでいくらでも機会はあったわけですが、しかしイシュトヴァーンの行動から判断するに、これまではそういう痕跡はほとんど見られませんでした。ヤンダルは、これまではそれほど彼に関心を持っていなかったのではないかと思います。しかし、たぶん事情が変わって――それはそれこそ、お話したような、キタイ本国の事情が大きく関係しているのではないかと私は推理しますが――イシュトヴァーンの武力と、そしてイシュトヴァーンに心服していてどのような無茶をいわれてもいまのところはおとなしく従ってくるゴーラ騎士団の兵力、そしてイシュトヴァーン自身がナリスさまに対して抱いている感情、それらが必要になってきたのではないでしょうか。……後催眠なら、『ナリスさまをどうしても生かしてとらえ、イシュタールに連れて帰らなくてはならぬ』という特定の命令暗示を植え付けることは簡単にできますし、もともとイシュトヴァーンのなかに、それに納得する下地があった場合、イシュトヴァーンは、よほどのことがなければそれがおのれ自身のなかから出てきた考えだ、ということを疑いません。……ただ、それについて、さきほどグインどのがなさったように『なぜなのだ』ということをきつく問いつめられると、《魔の胞子》とは違ってこれは自分の頭の思考能力や判断力はそのまま生きていますから、『どうしてだろう』と考えこむことになりますが、そうすると、たいていの催眠術の場合にはそれで催眠暗示の存在に気づかれることを防ぐために、その命令に疑問をもつと頭が割れるように痛くなってきたり、ほかのことを考えてしまったりするようなもうひとつの命令を入れておくことをします。そうすると、その命令の正当性にちょっと疑いをもっても頭が割れるように痛みだす、それを考えるのをやめると痛みがとまる、ということがくりかえされて、かけられたものはしだいに、その考えが本当に正しいかどうか疑うのをやめてしまうようになります」

「さきほどのイシュトヴァーンの様子は確かにそのとおりだったな」

グインは云った。

「その後催眠の暗示というのは、どのようにすればとける。……かけたものでなくても、それをとくことは可能なのか」

「それがもっとも難しいところですね」

ヴァレリウスは考えに沈んだ。

「たいていの――同じ系列の魔道師なら、大丈夫なのです。かけたものよりも強い力をもつ魔道師なら、かけられた暗示よりもさらに強い力で暗示と逆の命令を送り込んでやれば、最初の暗示の効力は相殺されます。しかし……我々は白魔道師です。黒魔道の命令に対して、白魔道が術をかけかえすことはかなり危険ですね……」

「どう危険なのだ？　誰にたいして？　ヤンダルに気づかれると？」

「いや、後催眠の場合には、特徴としては、かけた術者がその後ずっと追尾していなくても、効力だけがずっと残っている、というのがありますから、おそらくそのためにヤンダルもそれを使ったのでしょう。死びと使いの術やゾンビー使いの術でしたら、それをかけている術者が有効圏内からいなくなりしだい、その技の効果は消滅します。《魔の胞子》はひきつづき効力を発揮しますが、ただし胞子を通じて命令が届いてこなくなれば、胞子がひきつづき脳を占領しているというだけの状態になります。しかし後催眠だけがいつまでも効力が持続し、たとえばヤンダルがそれをかけてから、キタイに戻ったとしてもこの術だけがずっとかけられたものに残っています。……危険なのは、これをとこうとした場合の、かけられた当人のからだですね」

ヴァレリウスの灰色の瞳が、いかにも思慮深げにじっとグインを見つめた。

第四話　蜃気楼の彼方

1

「当人のからだ――か」

「ええ。さきほどいったように、そうした後催眠の場合には、術者が術のみかけてその場から離脱しますから、保険として、それが発見され、解除されようとするときにそれをふせぐ手段も講じておくものです。……さきにいった、そのことを考えようとすると頭が痛み出したり、それについて考えることを出来なくさせるような心のはたらきがおきてくる、というのもそうですが、それでその術を解除しようとすると、たとえば完全に発狂してしまうとか、あるいは自分で自分を殺したり、証拠を消してしまうような行動に出るように、最終的な暗示が忍び込ませてある、という場合が多いのです。……後催眠の術というのは人間をかんたんにあやつれるもので非常に危険ですから、当然、白魔道ではたいへんに強い禁忌のわざとなっています。ですから、これを用いたことがわかった場合にはその魔道師は告発されるなり、魔道師の資格を剝奪されるなりという危険をおかすことになります。……黒魔道師ならそれを気にとめもしないかもしれませんが、そのかわりに、白魔道で発見されてその術をとかれ、そのうしろのおのれの存在をつきとめられる可能性があります。それで、それをふせぐために、かけた相手が自滅するような方法をあらかじめ講じて、わざをかけたおのれの正体がばれることをふせごうとするのです」

「ということは……イシュトヴァーンから、その暗示を取り去ろうとすれば、イシュトヴァーンが危険だ、ということか」

「ですね。……私のほうは、それでもべつだんかまいませんので、もしもグインどのが暗示を取りさるべきだとおっしゃるなら、そのようにこころみますが。……いまなら、おそらく、ヤンダルはそう簡単には中原に戻ってはこられぬでしょうし――イシュトヴァーンが発狂したり、よしんば死んだところで私はべつだんかまいませんし……ただ問題は、ヤンダルの黒魔道というのは、これはまた、〈闇の司祭〉を代表とするドール教団の黒魔道ともまったく傾向の違う、異次元の魔道が根底にあるとされるものですから……われら白魔道師の術でとけるのかどうか、またまったく異質なものであった場合、それがどういう作用をするか、われわれにはまったくわからない、ということはありますが」

「ふむ……」

グインは考えこんだ。

「いずれにせよ、しかし、イシュトヴァーンにお前は操られているのだと気づかせてやらぬわけにはゆくまいな。……このままでゆけば、イシュトヴァーンはまたふたたびヤンダルの接触を受けぬものでもないし、そうなれば、ゴーラがレムスと組んだ場合にはかなりやっかいな事態になる」

「私は、かまいませんですよ」

冷ややかに、ヴァレリウスはいった。

「私の力で及ぶかどうか、とりあえずうちの魔道師団を集めて、後催眠の暗示をとく術をほどこしてみましょうか、イシュトヴァーンに。……これは、最初は彼が気づかぬうちにすぐできますよ」

「いや……待ってくれ」

グインは首をふった。

「それはだめだ。……とにかくまだ、ナリスどのがあちらの手中にある。イシュトヴァーンもそれほどうかつな男ではない。こうして占領したマルガをあけてここまでやってくるからには、自分になんらかの異変がおこったら、人質たるナリスどのの上に危害を加えるなり、あるいはナリスどのを拉致してすがたを隠すなり、なんらかの予防手段くらいは講じてあるのではないかな。俺がイシュトヴァーンなら当然そうする。だとすると……ここで下手にわれわれがイシュトヴァーンをいじりまわすと、ナリスどののお身に危害が及んでもまずい」

「………」

痛いところをつかれて、リンダもヴァレリウスも黙り込んだ。

「だが……ともかく、イシュトヴァーンがやはり、キタイの息がかかってはいるようだ、ということが明確になっただけでも、俺としてはこの会見はかなりの効果があったといっていい。……同時にそれはしかし、ということはイシュトヴァーンを説得するのが非常に大変になった、ということでもあるな。俺としては、あるていど説得の方法も考えていないではなかったのだが……それが通用せぬとすると……」

「どうなるの、グイン」

「まあ……あるていど、イシュトヴァーンに引っ込みのつくようなかたちを——イシュトヴァーンが、おのれのなかに植え込まれたその暗示に対して、その防禦が動き出さずにすむようなかたちで動けるようなかたちを作り出してやるほかはないだろうさ」

「と、申されますと……」

「戦うさ」

グインのことばは簡単明瞭であった。リンダがするどく息を吸い込んだ。

「案ずるな、リンダ。ここで、ケイロニア軍の総力をあげてゴーラの侵略軍を叩きつぶそうというのではない。……それは、ケイロニアとしても得策ではない。……出先でそのように、国王どうしが戦い——現況の兵力と状況では当然ケイロニアが勝つだろうが、それではその後ケイロニア本国と、そして国王を殺されたゴーラとのあいだに絶望的な長期にわたる戦争が開始されることになるだろう。ゴーラとしてももう、そうなればおのれがほろぼされぬためにはそうするしかなくなってしまうだろうからな。俺はいまゴーラをあずかるカメロンとは戦いたくないし、それにそもそも中原の平和と秩序を守るためにこそ俺は出兵してきた。それが、さらなる大きないくさのきっかけとなるような行動をとってしまうのは本意ではない。だがイシュトヴァーンとしては、どうあってもナリスどのをイシュタールに連れて戻るのだ、という命令にとりつかれている。——その命令をくつがえしても、暗示をとりのぞいても、イシュトヴァーン自身が危険なのだとしたら、それならば『命令にしたがったのだが、果たせなかった』というかたちをイシュトヴァーンに与えてやるだけのことだな」

「グインどの……」

「イシュトヴァーン軍と戦い、そして敗走させてやるさ。——そしてナリスどのは取り返す、それだけのことだ」

グインは無造作に言い切った。ヴァレリウスとリンダは息をのんでグインを見つめた。

「グイン、あなた……」

「そのさいにはまたヴァレリウス、おぬしの魔道の力もおおいに必要になるだろうが——ナリスどのを取り返せたら、ただちに、イシュトヴァーンのその暗示をとけるかどうか、やってみるだけのことはあるだろう。イシュトヴァーンが本心にたちかえってくれるのなら、俺とても何も好きこのんで旧友とことをかまえたいとは思わんからな。というよりも、俺はあまりイシュトヴァーンとは戦いたくない、ということかもしれんが」

「何故？」

リンダが低くきいた。

「なぜそう思うの——？　グイン」

「それは、なんといっても古い友人でもあるしな……」

グインは、ふと、遠くを見るような目つきになった。

「それにもまして、俺は——いまのイシュトヴァーンがもしもそうしてヤンダルに操られてああなっているものならば、イシュトヴァーンに、本心にかえる機会を与えてやりたいのだよ。……もともとはあやつは明朗で快活な、それになかなか人好きのする、先の見込みのある男だった。どこでどう道を踏みあやまってあのような、殺気のにおいたつ、いかにも《狂王》という名にふさわしいような男になってしまったのか——俺には、少々の心当たりがないでもない。奴がいまのようになってしまうについては——もしか

して、多少の責任は、この俺にあるのかもしれぬ、と思わぬでもないのだよ。リンダー
――」
「あなたが、イシュトヴァーンについて責任……って、いったいどうして……どういう
ことなの――？」
「はるかな、セムの谷間で……」
グインはさらに遠くを見つめるようにつぶやいた。
「あのカロイの谷で……イシュトヴァーンに裏切り者の汚名をきせ、なんといったか、
あの老いた伯爵の永劫のうらみをかい、その呪いをうけるようにさせたのは、俺である
からだ。……本当なら、その任務は……俺がすべきだったのかもしれないが、俺はこの
とおりの外見で、普通の人間ができるようなことは何もできなかった。……あれは確か
に我々にとっては、あの運命を切り抜け、生き延びるためにどうしても必要なたたかい
だったのだろうが――若いイシュトヴァーンには苛酷な分かれ道だったかもしれん。あ
の当時はそれどころではなかったが――これだけの年月がたってみると、なんだか妙に、
《あのとき》がイシュトヴァーンがいまこのゴーラの狂王にいたる長い道に踏み出した
瞬間であり……そして、また、あのノスフェラスで実にさまざまな運命の種子がまかれ、
ヤーンの模様がつむがれたように思われてならんのだよ、俺には。……レムスもまた、
あのノスフェラスで怨霊に憑かれた。俺はある巨大な鍵となるものを拾い――長いあま

りにも膨大な運命のなかへ俺も踏み出した。そしてお前もだ、リンダ。……あのときノスフェラスの砂漠の上にどのような運命の星がまたたいていたのか――それはヤーンならぬ俺には知るすべはないにせよ、イシュトヴァーンにとっての運命だったのは、それともそれを、イシュトヴァーンの背中を押してそれを選ばせたのはこの俺だ、その責任を、俺はまざまざと感じるからだよ。この頃になってことにな」

「……」

リンダは両手をそっと胸のところに組み合わせるようにして息をつめた。

ヴァレリウスは深い色の目でじっとグインを見つめていた。その唇から、つぶやくような声がもれた。

「ヤーンそのものが語っているようにきこえるおことばだ」

ヴァレリウスは低くいった。

「イシュトヴァーンにまで、そのようにして思いをむけられるグインどののお心がわからぬわけではありません。――また、グインどののその感慨を、まったく理解しない私でもありません。――ただ、いまの私にとっては、彼はひたすら、キタイ王に知らずして操られ、われわれのすべての苦しみと労苦を水の泡に、いや、それ以上にくつがえしてくれた怨敵であり――それ以上に、彼がここにいたるまでの軌跡はすべて、その血なまぐさい業績の数々はみな彼が自ら選び、ひろいあげて突き進んできたものにしか思われませんが……」

「おぬしにはそうだろうさ、ヴァレリウス。だから、おぬしにも俺の気持ちを理解しろとは云わぬ。──それに、万一にも、たたかいのなかでどちらかがいのちを落とすようなことがあれば──それはともかくまことにルアーの意志であり、ヤーンのおぼしめしというものにすぎぬ」

「グイン──」

リンダはうめくようにいった。

「とうとう……戦うのね。とうとうそこまできてしまったのね。イシュトヴァーンとあなた──あのはるかなスタフォロスで、ノスフェラスで、そしてそのあとの長くつらい旅のなかで、つねに私たちをあんなにも献身的に助けてくれた二人が……長い長いふしぎな運命の年月のあとに、ついに戦わなくてはもう決しておさまらぬところまできてしまったのね。──それもまた私があなたにナリスを助けてとお願いしたために。……申し訳ないと思っているわ、グイン、なんだか、あなたがイシュトヴァーンの運命についても感じているのと似て非なる責任を、私はあなたに対して感じているようなそんな気がするわ」

「その自責には及ばぬさ」

グインは笑って、リンダの肩にそのたくましい手をおいた。

「俺はイシュトヴァーンとは違う。俺はなにものにもあやつられぬし、おのれの運命を選ぶに、彼のように無鉄砲に飛び込みはせぬ。俺はこうみえてごくごく慎重な人間で、よくよく勝算をたててからでなくては行動してこなかったからな。たとえどれほど無謀に見えるときであれな。――案ずるな。これはおそらく最後のいくさじゃない。最初の激突ではあるかもしれないが、ケイロニア王としてのこのグインと、ゴーラ王イシュトヴァーン――その最後の戦いには決してなるまい。それもまた、宿命の星のなせるわざかもしれぬ。俺たちはここにくるためにそれぞれの運命を織って、くりひろげてきたのかもしれんのだ」

「ああ……」

リンダは思わず、手を組み合わせ、目をとじた。

「ヤーンよ……お守り下さい。……私がそんなふうにいうのはおかしいのはわかっているわ。でも……祈らずにはいられない。というよりももう私には、祈ることしかできないわ。……誰も、誰にも不幸があってほしくない。ナリスの無事はむろんいつでも私にとって最大の願いであり祈りだけれど……でもあなたが――いいえ、あなたに何かあるとは思わないわ、グイン、あなたにはなんだか、決して本当に悪いことはおこらないような気さえするわ。でもイシュトヴァーン――あのひとは……本当に変わってしまった。最初に見たときあのひととはわからないくらいだった。……もう、もちろん、あのときの私ではないわ……あの蜃気楼の草原で、あのひとと遠い蜃気楼の都を見ていたときの少女のリンダはもういないんだわ。……それに、あのひとはもっと変わってしまった。あのひともうあのときの陽気な〈紅の傭兵〉じゃない。もう二度とあの草原にもレントの海にも戻れない。あのときからあんなに時が流れたわ……それは本当にわかっている。時をかえすことはできないっていうことは。……それに万一返せたところできっと私は同じことをくりかえすだけ。決して……いまのように、こうでなくなるようには選ばない。それもわかっている……ああ、だけど、だからこそ、このままで終わるのは……このまま、あなたとイシュトヴァーンが戦い、どちらかが傷ついて……さらに憎しみとたたかいが続いてゆくかもしれない、そしてさいごにはどちらかがたおれて終わるのかもしれない、と思うのはとてもいや。——そして、どちらがたおれるかということは——私は、なんだか、あまりにもはっきりとわかる気がするし。たとえどのようなことがあっても、イシュトヴァーンには、あなたを斃すことはできないわ、グイン」

「まあ、そのとおりだろうな」

グインは認めた。

「彼にはいくつかの致命的な欠陥がある。そのことを彼自身が気づかないかぎりは、たとえどれほど兵力をたくわえても彼は俺にうちかつことはできぬだろう。——足もとをすくったり、奇襲をかけて俺をいっとき、窮地に追い込むことは可能でもな。……その欠陥があるからこそ、今回のようにヤンダルにとりこまれることにもなるわけだからな。――それはレムスとても同じだ。そうして、ヤンダルごときにつけこまれる余地がおのれのうちにある間は、まあ、いかに兵を鍛えようとも無駄なことだろうな。というのもあまりにも口はばったい言い分かもしれんがな」

「いえ……ほかの人がいったら、とてつもなく思い上がったいいぐさにきこえたかもしれないけれど、あなたがいうと、なぜか運命神ヤーンそのひとがいっているように重々しくひびくわ、グイン」

ほっと深い吐息をもらして、リンダは云った。

「それに、あなたは……そうね、きっと私がそんなこと、心配するまでもない――というより、私の心配なんか、あまりにもちっぽけな、おろかしいことだわ。……ヤーンの前に、なにものも、特別であることはできないんだわ……どんな思いも、どんな運命も。――すべてをしろしめすのはヤーンだけ。……私にできるのはただ、やっぱり祈ることだけなんだわ……」

「だが、祈りは時として神をも動かすさ。ことに祈り姫の祈りともなればな」

グインは慰めるようにいった。

「心配することはない。ナリスどのの身柄には極力、何も災いの及ばぬように、というのが、俺がこのようにまわりくどいやりかたをする最大の理由なのだからな。それについては案ずることはないぞ、ヴァレリウス、おぬしもな。逆にその暗示の効果が効力をもっているあいだは、イシュトヴァーンは決してナリスどのには危害を加えるおそれはない。むしろ、いのちがけでもナリスどのを守ろうとするだろう。それがむしろ俺のつけめだ。……最終的には、その暗示とイシュトヴァーン当人と、どちらが強いか、ということになるかもしれないが、そうなったときにはそのときのことだ」

「——わかりました」

緊張したおももちでヴァレリウスはうなづいた。

「わたくしも——極力グインどののお邪魔をいたさぬよう、よけいな感情をさしはさんで、せっかくのお心入れをさまたげぬよう注意します。ただ、ひとつだけ——やはり、先日申し上げたとおり、なんとかしてイェライシャ導師にまた、連絡をとり、おいでいただくための動きはしてみようと思います。もしかしてイェライシャ導師くらいの魔道師であったら、たとえまったく系列の違うキタイの黒魔道といえど、あるいはイシュトヴァーンに影響をあたえることなく解除できるかもしれないし……もしかして、それが後催眠である、という私の判断そのものがあやまっていて、まったく知らぬあらたなキタイの魔道であったりした場合には、すべてがついえてしまいますから。……《魔の胞子》についてもまだ、私としてはおのれが何か見過ごしたのではないか、という疑いを捨てきれておりませぬし……」

「あなたは、私を調べて、私にもその術はかかっていない、といってくれたわ、ヴァレリウス」

不安そうにリンダはいった。

「もしもあなたが間違っていたのなら、私だってあやういということになってしまう。——ああ、いや、こんなにして、自分もひとも何も信じられないなんて、なんというやな戦いなんだろう。同じたたかいにしたって、中原どうしのものだったらもうちょっとは——いえ、いくさはどんなものであれ悲惨だったとはいっても、もうちょっとは人間というものを信じていられたわ。あのキタイの竜王のおかげで、私、本当に人間も現実も、何もかも信じられなくなってしまいそうだわ」

「それが、やつらのような黒魔道師のつけめだろうからな」

グインはうっそりと答えた。

「あまり、考えすぎぬことだ。純粋な心の直感というのはそんなに間違うばかりでもないはずだ。それよりも、ナリスどのに連絡をとり、まもなくなんとしてでも救出する見込みがたっているゆえ、それまでは、とにかく絶望して短慮に走ったり、あるいはおのれから行動をおこそうと考えられぬように、と連絡しておいてくれ。リンダからでもヴァレリウスからでもいい。いま一番心配なのはむしろそのことだろう」

「それは……」

ヴァレリウスが言いかけたときだった。

「失礼いたします。――ただいま、ゴーラ王イシュトヴァーンの部下から、ゴーラ王が再度の会見の開始を求めている、という連絡が参りました」

入ってきたのは伝令ではなく、金犬将軍ゼノンだった。そのうしろに、ワルスタット侯ディモスも続いている。

「ちょっとだけ、よろしゅうございますか、陛下」

「ああ」

「この後の兵の配置はどのようにしておいたらよろしくありましょうか。――このまま、動かずにご指示を待てば？」

「いや」

ゆっくりと、立ち上がりながらグインはいった。

「次の会談で、この和平交渉は決裂する。……というか、俺が決裂させる。――そのまま、こちらは兵をひき、リムに引き上げる。すべての兵に引き上げの準備をさせておけ。ゼノンは後衛としてさいごに残れ。俺とディモスはリンダ王妃を護衛して、さきにリムにむかう」

「承知しました」

ゼノンの精悍な若い顔が何を思ったか満足げにほころびた。

それを、グインは苦笑しながら見た。

「そう、ろこつに嬉しそうな顔をするな、ゼノン」

グインはとがめた。

「いくさになるといったからといって、そう嬉しそうにするでない。リンダ陛下はまことに心をいためておいでなのだぞ」

「これは、失礼いたしました」

ゼノンはあわてて笑みをひっこめた。

「ついその――陛下があれほどいっておられた、ゴーラの狂王イシュトヴァーンの戦いぶりが、つぶさにこの目で見られるかと思いますと、ついつい、嬉しくなってしまいまして」

「戦いの好きなやつだ」

グインはまた苦笑した。

「だが、イシュトヴァーンも、ただちに追いすがって攻撃にうつってはくるまい。やつのことゆえ、この会見についても、おそらくは近くに兵のひとつくらいは伏せてあるだろうが、おそらく、いったんはマルガにひいて、開戦するならば全軍でイシュタールへの帰投に入ると同時にこちらに挑戦してくる、ということになるだろう。それをこちらがリム前後で迎えうつ、というかたちになる。――トールとサルデス侯の軍がつくのはあす以降になるな」

「はい。おそらくあさっての夕刻には」

「ならば、あす一杯にしなくてはならんというわけか」

グインがかすかに笑った。ゼノンとディモスはグインをみた。

「何を、あす一杯でございますか、陛下」

「あすじゅうに、ゴーラ軍を片付けなくてはということで——？」

「そうではないさ。そのむしろ反対だ」

「え——？」

「あすじゅうには、ゴーラ軍にとりあえず負けてやらねばならんな、ということだ。——イシュトヴァーンに、ゴーラへの道を開いてやらねばならんからな」

「はあっ？」

不平そうにゼノンが叫んだ。

「わたくしが、ゴーラ王に遅れをとるだろうとおっしゃいますので」

「馬鹿者。そんなことは云っておらんわ」

グインは笑い出した。ゼノンの明るい青い目が、まるくなった。

「で、ではいったい」

「まあ、遅れをとってみるのもいいかもしれんな。——このあいだ云ったことを覚えているだろう。お前もそろそろ、もっと闇のいくさをも覚えていい、それも経験しておくべきころあいだ、といったことだ。——どのような展開になるかは俺にはまだわからんが、いずれにせよ、このいくさは、お前の知っているこれまでのいくさのようなわけにはゆかんと思っておいたほうがいい。——それもまた勉強だ。いろいろと、あっと驚いて、そしてこのようないくさもいくさなのだと思うことだな」

「陛下……」

ゼノンは目をぱちくりさせて、グインのことばをなんとか読み解こうとするようだ。ディモスは困惑したようにヴァレリウスとグインを見比べた。ヴァレリウスは奇妙な雄弁な微笑を浮かべて黙り込んでいた。

2

「——先ほどはすまなかったな」

ふたたび、交渉のために用意された、あの巨大な天幕のなかであった。

イシュトヴァーンは、すっかり、血色をも取りもどし——といってもこのところの、もともと青白いのはどうしようもなかったが——かなり元気そうになっていた。なにごとも変わったことはなかったように、そのおもてはまたきびしく引き締まっている。そして、ほんの少々ではあったが、いくぶん口調も落ち着いたものになっていた。

「気分のほうはもう落ち着かれたか？」

グインはゆったりときいた。イシュトヴァーンはむっつりとうなづいた。

「なんだかやけに気分が悪くなって……こんなことはめったにないんだが。——まあいい、話の続きをしようぜ。どこまでいったんだっけな」

「まあ、それほどもう、時間があるわけでもない。——我々としても、ここでのんべんだらりと外交交渉や社交辞令や腹のさぐりあいで時間をつぶすようなことはたくさんだ。

おぬしのさきにいったとおり、率直に手短かに話をつけることにしよう」

グインは低いテーブルの上にだされたカラム水のつぼをさししめした。

「まあしかし、よろしければのどでもうるおすがいい。――ところで、ここまで話が煮詰まった以上、率直にきかせてもらうことにするが……おぬしは、このたびの奇襲の目的はナリスどのの身柄を手中にし、それをイシュタールに同道することだと断言した。そのほかには本当に何も目的はなく――こうして、マルガを陥落させナリスどのの身柄をおさえた上は、おぬしの希望というのは、ナリスどのを連れて無事にイシュタールに帰着すること、ただそれだけなのか？」

「まあ、そうだ」

休んでいたほんの半ザンあまりのあいだに、どのようなはたらきがそのものに憑かれたような脳を襲い、そしてどのような思いが去来したものか――

イシュトヴァーンは、こんどは、妙に落ち着いてグインの追及に答えるようすにみえた。

もっとも、本当に心から落ち着いて、確信にみちてゆったりとしている、というには、そのときたまするどくさぐるように敵方のものたちを見回す目の動きや、ふっと赤らむ頬などがそれを裏切っている。それは、どっしりと腰をすえて、まことになにごとにもゆらぐ気配もないグインの様子と、好対照をなしていた。

「では、あくまでもナリスどののお命の無事をたてにとって、我々に要求するとすれば、兵をひき、ゴーラ軍のゴーラ本国への帰投を看過せよ、という、それだけか？」

「そのとおりだ」

「なぜ、われらが――ケイロニアのことはともかく、神聖パロの首脳が、それを看過しうると思う？　いやしくもおのが王国の君主をさらわれて、王妃以下のものたちが、それをただ見過ごしにすると思うか？」

「しなければしないでかまわねえさ」

イシュトヴァーンの目が陰険に細められた。

「ナリスさまの身を危険にさらすだけのことだ。――ゴーラ軍をマルガにであれ、帰り道にであれ襲ってくるやつは、ナリスさまを殺したいんだということになるぜ」

「だがおぬしは、ナリスどのを無事にイシュタールにともないたいのだったな」

「ああ。そのとおりだ」

「だとすると、それは、人質の意味はなさぬのではないかな？」

おだやかな声だった。イシュトヴァーンは、ぎくりとしたようにグインをにらんだが、云われている意味はよくわからぬかのように見えた。

「どういうことだ」

「ことばどおりだ。……人質とは、その身に危害を加えるぞ、という脅迫をもって、おのれの意を通そうとするものであるはずだな。だがおぬしは、ナリスどのを何がなんでもイシュタールに無事に連れて帰りたい。だとしたら、たとえば神聖パロ軍にたちはだかられたとして、おぬしには、ナリスどのに危害を加えるぞ、と脅迫することはできぬはずだな。そもそも、ナリスどのの命に別状があってはもっとも困るのはおぬしだ、と最前からおぬしはそれを強調し——だからこそ、ナリスどののいのちを救ったのはおのれだ、とまで強弁したのだからな」

「ああ——？」

イシュトヴァーンは、グインをにらんだ。

「あんたのいうことはよくわからねえよ。何をいいたいんだ、グイン」

「おぬしが、ナリスどのを無事にイシュタールに連れて戻りたい、と考えているかぎり、ナリスどのは、おぬしにとっては、大切な荷物にこそなれ、人質にはなり得ぬ、といっているのだ」

グインは淡々と答えた。

「そうであってみれば、おぬしは、逆に、ナリスどのを奪還しようとする神聖パロ軍からも——そして、ナリスどのを抹殺しようとするレムス軍からも、ナリスどのを必死に守り通さなくてはならぬ、ということになる。そうではないか？」

「それはそうだ」

「だとすれば、ナリスどののいのちと身柄をたてにとって、無事にこの場を切り抜けよう、という考えは、無駄だ、ということになるな。おぬしには、ナリスどのを殺すことは事実上、不可能なわけだからな」

「……」

イシュトヴァーンは、しばらく、じっとグインを見つめていた。

それから、その口もとがかすかに皮肉そうにほころびた。

「なあるほど」

彼はゆっくりと云った。彼の舌があらわれて、かわいた唇をぺろりと舐めた。

「いまの御休憩のあいだにずいぶんと知恵をしぼってよく考えやがった、ってわけだな。でもって、それで俺が参ると思ってるってわけだろう。あんたらしいな、グイン。——あんたは、力で押す前にまず必ず、あれやこれや、妙なからめ手からしかけてくるもんな。ひとがぎょっとなるようなことをいうのが得意だったよな、昔からな」

「そうだったかな」

「ああ、そうだったさ、豹あたまの大将——だが、俺も、前の俺じゃねえ。もうそれほどうぶでもなけりゃ、物知らずでもねえんだ。あんたのそういうおどかしやハッタリにまんまとだまされることはもう二度とねえよ」

「おどしやはったりのつもりはないが。ただ単に事実をいっただけのことだ」

「うるせえ」

やや獰猛にイシュトヴァーンは云った。

「あんたにとっちゃそうかもしれねえが、俺からみりゃあハッタリなんだ。あんたは自分がとてもお利口だと思ってるんだろうが、悪いが俺は気にしないぜ。俺には俺なりのやりかたがあるからな」

「というと？　どうするつもりだ？」

「リンダ王妃どのにも、同行してもらう。これは冗談でもなんでもねえよ」

はっと、リンダがグインを見つめた。グインは、かるく手をあげて、落ち着けというようにリンダを制した。

「そうすりゃ――リンダ王妃さまには、俺はそんな、どうしても生きてイシュタールに連れてゆきてえなんていう義理はねえからな。もしも、あんたらがナリスさまを人質にしたところで俺には何もできねえだろうというのをいいことに俺をやっつけられると思うんだったら、俺はリンダさまにもイシュタールへこいというだけの話だ。異存はねえだろうな、さっきは、自分がナリスさまの身代わりになるとまでいってたんだからな。身近にいて、看病してやりてえんだろ。だいぶん、こんどのことがこたえたらしくて、めっきり弱っておいでになるからな。この上、小姓どもだけつけて長旅なんかさせたら、それこそ死んじまうかもしれねえしなぁ」

「イシュトヴァーン」

リンダは蒼白になった。

「ナリスが……めっきり弱っているって……それは、それは本当なの？」

「おやあ、そっちのお得意の魔道師の情報網とやらで、ナリスさまとじかにお話してんじゃねえのか？」

イシュトヴァーンがずけずけといった。それをきいて、ヴァレリウスのおもてにもさっと緊張が走った。

「俺にはわかんねえけどよ。魔道師には、なんとかかんとか、そういう遠くまで話をとどかせたりする術もあるんだろ？　そのくらい、なんぼ沿海州の出の俺でも知ってるぜ。――それにこっちには、ヨナってダチもいるからなあ」

「ヨナ――？」

「そうさ、知ってんだろ？　あんたんとこの参謀長のヨナ・ハンゼどのは、俺の幼な馴染みで、俺がそもそも助けてパロへ送り込んでやった奴だからな。俺のおかげで命拾いしたんだ。奴だって、その恩義は当然感じてるぜ。ヴァラキア人てやつは、恩を忘れるようなやつはいねえからな。石の心のパロ人なんかとは違ってな」

「イシュトヴァーン……あなた何をいって……」

言いかけたリンダを、ふたたびグインが制した。

「リンダどのもイシュタールに同行する——それがおぬしの条件というわけか？　なら、それをもし拒否したらどうする？　最前と同じ話の繰り返しになるぞ。リンダをイシュタールに連れてゆく、という条件をのませるには、ナリスどののいのちをたてにとるほかはあるまいが」

「それが、そうでもないね」

イシュトヴァーンはずるそうに目をまたたかせた。奇妙なことに、そうしていると、彼は一瞬、かつてのあの陽気なうら若い〈紅の傭兵〉をまざまざと思い起こさせた。

「生憎だが、俺だって頭は多少なくはねえんだ。あんただけが頭がいいわけじゃないんだぜ、豹あたまの大将。……あんたは忘れてるか、それとも知らん顔してるんだろうが、俺のほうがおさえてるのはなにもナリスさまだけじゃない。——こないだ陥落した、マルガの市民、そして一生懸命戦ったが勇猛なゴーラ軍の前に力及ばず破れ去ったマルガの守護隊、そこの隊長どのや、なんだか知らねえが聖騎士侯様だの聖騎士伯様だの、いろいろ貴族だって生き残ってるぜ。それってみんな、あんたらにとっては神聖パロの大事な国民なんだろう？——でもって、あんたらは正義と真理をかついでるからには、そいつらを見殺しにはできないんだろ？……確かに俺はナリスさまを手にかけることはあできないさ。それをやったら俺がなんのためにこんなことをしたのかだって元も子もなくなっちまう。だが、俺にはそのほかのやつらへの義理なんかないし、情けもない。ナリスさまとリンダを連れてイシュタールに引き上げる俺の邪魔をするというのだったら、グイン、ヴァレリウス、俺はマルガの市民と神聖パロの捕虜を身分の高そうなやつから順に、いちどきに十人づつ生首にしてそっちに送り届けさせるぜ。そっちが折れていうことをきくまでな。……それとも、ナリスさまのいのちこそ大切で、そのためなら何をしてもいいが、市民だの、貴族だののいのちなんかどうでもいいか？　それならそれでもいいさ。そのことを世界じゅうにふれてやる。神聖パロってのは、中原のためだのこの世の平和だのと口清くいっちゃあいても、じっさいには考えてるのはナリスさま人事ということばかり——人民のことなんか、どうだっていい、エセ国家だとな。……そういう国際世論だかなんだかっていうものが、えらく大事だ、と俺にずっと言い続けていたのはそっちだろう？」

「イシュトヴァーン」

リンダは蒼白になった。

「あなた正気なの。いえ、そうじゃないわね。正気ならそんなこと——そこまで酷いことを……云えるわけがないわ。自分が何をいっているかわかっているの？　きっとわかっていないんだわ。市民たちや貴族たちを——それも、武装解除した捕虜を無差別に殺害——そんな脅しをかけて言い分を通そうなんて、そんなこと——そんなめちゃくちゃな——」

「俺は正気だし、自分が何をいってるのかはよくわかってるぜ。お姫さま、いや、王妃さま」

イシュトヴァーンは冷ややかに答えた。その黒い冷たい目は、厳しくすべての感傷も過去もはねかえすようにリンダを正面から見つめ返していた。

「正気で——正気でもしいってるなら、それは、もう……国家でもなんでもないわ、そんなのは野盗のいいぐさだわ」

「おお。俺は野盗だし、赤い街道の盗賊だし、レントの海の海賊だぞ。そのことを忘れちまったのかよ、あんた」

イシュトヴァーンは叩きつけるようにいった。リンダは茫然とイシュトヴァーンを見つめた。

「あんたらはひとつの国になって、そしてそこの王様になったからには、誰でもお行儀よくなって、あんたらの論理にしたがって——国際世論とやらを大事にして、外交がどうの、条約がどうの、貿易がどうの——中原のなかで仲良くやってゆくために、新入りでございます、よろしくお願いいたしますと頭を下げてへこへこすると思ってるのか。まあ、思ってんだろうな——そういうヤワな根性でいるから、モンゴールの奇襲の前にあっさり国を占領されたり、それから助かるのに、それこそ世界中の援軍が必要になったりもするわけだよな。……そして、その世界中の援軍を背景にしてでなくちゃ、いまだに本当はパロなんて、モンゴールの支配から脱してはいられなかったんだろ。それほど、パロって国は、なんていうんだ？——みんながお行儀がよくて、この世の中の秩序とか、きまりごとってもんを守ってくれる、という甘い考えの上に成り立ってるんだ。よくまあこれまで生き延びてられたもんだよな、何千年だか何万年だか知らないがな。——というか、まあ、昔はもっと力もあれば、現実的だったのかもしれないな。だけどいまはすきだらけだ——そもそもあのレムスの小僧が王様になれたってだけだって、実にいい加減な国家なんだってもんじゃないか。なんか大昔の王様の亡霊かなんかが奴を次の王の資格ありとかなんとか、認めたからってんで、それで奴は王位につけたってんだろ。パロがモンゴールの占領から独立するのには何もたいした貢献はしてなかったくせによ。……あんたら、おえらがたのやることってのはなんでもかんでもそうだ。大昔に誰かがでっちあげたいかさまな規則を、みんなが後生大事に守ってるからこそなんでもできる——そのあいだだけ、王様でございの、パロでございの、聖王国でございのと偉そうな顔がしてられる。じっさいに力でこられたら何にもできねえくせによ。……これまでにぶつかったパロの兵隊、まったくもってあんくらい弱っちい軍隊なんてものは、これまで、存在するとは想像したこともなかったぜ。……レムス軍もナリス軍もおんなじだよ。まったく、よくまあこれで何千年ももってきたもんだよな。結局はなんかえらそうな顔をして、なにか偉い実態があるような顔をしてごまかしてきただけなんだろ」

「……」

リンダは青ざめながらイシュトヴァーンをにらみかえした。が、何も云わなかった。

「もう、そんなごまかしとエセの秩序の時代はおしまいだ。これからは力だ――力の時代だ。そいつがものをいうんだ。力と頭と、そして運。……中原に新しい時代がくるぜ。この俺がそいつをこさせてやる。俺はそのために生まれたんだといま思ってる。……ユラニアだって、じっさいにはもうくされきって国家のていなんかなしちゃいなかったんだ。そいつを俺が力でくつがえしたからこそ、みんなが喜んで俺についてきた、若いやつらがな。――じじいどもなんか、用はねえ。弱っちいやつらにも、女子供にも用はねえ。俺は――俺は欲しいものはこの手で奪い取る、道がなければこの手で切り開く。これからは中原もまったく新しい時代に入るんだ！」

「野盗には野盗の論理がある、というところだな、イシュトヴァーン」

グインがかすかに笑った。

「それならばそれでよろしかろう。そのような考えを抱くものがあるのはわからなくはないし、それについては俺は何も考えをあらためさせようとなど思わぬ。ひとには誰でも、おのれ固有の考えを抱く権利だけはある、たとえそれがどのように現実とかけはなれたものであろうともな。……しかし、われらはもはや、力だけで国家までも切り取り強盗ができるような、そうした青嵐の時代にいるわけではない、残念なことにはな。かつては確かにそのような時代もあったのかもしれぬ。だが、いまは——多くの国々がひしめきあい、そうであるからには、それぞれの国家がおのれの無事と発展とを願いつつ互いに均衡をとってあやういところでいくさを避けてゆこうとしたり、それ以上にさまざまなかけひきをもおこなっている時代だ。——おぬしは、五百年ばかり、遅く生まれてきすぎたのかもしれん」

「いいさ」

イシュトヴァーンはするどくグインをにらみすえながら言い返した。

「だったら、俺がその歴史を、もういっぺん、五百年前に戻してやろうじゃねえか。……そのほうが、ずっと——どんなにか、痛快で、面白くて——生きてるのが楽しくて、退屈しねえってもんだぜ」

「その思いと、ナリスどのをイシュタールに連行しようという考えとが、どのように結びついているのかは俺には理解しかねるが」

グインは、ゆっくりと上体を起こした。

立ち上がったわけではなく、ただ上体をおこしただけだったが、そこにいたものたちは——ゼノンでさえ——なんとなくびくっとしてグインをふりあおいだ。グインのからだが、やにわに倍にもなって、目のまえに立ちはだかったような——ときどき、グインとともにあるときにひとを襲うあの威圧的な感覚が、いつになく強烈に、そこに居合わせたものすべての上におそいかかってきたのだ。

「ともあれ、俺は秩序を守り、中原の平和を願う立場からケイロニア王としての任務を遂行せんと思うものだ。とすれば、そのような――秩序なき混沌の時代をいまに招来しようとするおぬしのその考えは、俺にとってはまごうかたなき秩序の紊乱者であり、不埒な攪乱者でしかない。……おぬしがあくまでも、ゴーラにはゴーラの論理あり、それは野盗の論理であり、赤い街道の盗賊の論理である、というのだったら――ケイロニア王として、俺もまたそれなりに対処するとしよう。ケイロニア帝国の偉大なる皇帝アキレウス陛下より、ケイロニアの秩序と平和と民の安寧を守るべき神聖なる任務をうけたまわり、あいつとめるこのケイロニア王グインは、万一にもケイロニア周辺に野盗の集団あり、他の国家元首を力づくで奇襲し誘拐し、その身柄の安全をたてに、はてはその国家の国民の生命をたてにとって野盗の言い分を通そうとこころみつつありとの報告を受けた場合、それを看過することはせぬ。――俺はケイロンの守護者として、ケイロンのため、中原に平和をもたらすため、その野盗をたいらげるためにたつだろう。――俺がここにきたのは、旧友たるリンダ王妃の懇請をうけ、平和裡に事態を収拾するすべはなきかと検討するためであった。だが、おぬしがあくまでも野盗の論理においてのみ行動するというのなら、それはもはやリンダ王妃の慫慂によるにはあらず」

「……………」

「ケイロニア王は、ケイロニア王個人の判断において、中原を騒がす野盗を討つことになろう。それで、おぬしは満足か、イシュトヴァーン」

「………」

イシュトヴァーンはじっと、激しく爛々と目を燃やしながらグインのことばをきいていた。

その目のなかにしだいに何かがいっそう激しく燃え上がり、そしてその口もとが、酷薄にほころびてきた——

グインが言い切ったとき、イシュトヴァーンは、すっくと立ち上がった。

「いいとも！」

彼は、むしろ、奇妙な歓喜をそのおもてにも、はがねのような全身にもみなぎらせながら叫んだ。

「それこそ、望むところだ。——こんな、下らねえ交渉のまねごとなんざ、本当はごめんだったんだ。……いくさだな、グイン、とうとう、お前とやれるんだな」

「俺は、いくさは望まぬ」

グインはひとことづつ、はっきりと区切りながら云った。

「だが、お前があくまでも中原の平和を乱すこの行動を続けるというのならば、ケイロニアは立つ。そしてケイロニア王もまた」

「待って」

蒼白になったリンダも立ち上がった。ヴァレリウスがそのリンダに寄り添った。

「グイン。イシュトヴァーン。あなたたちは——あなたたちはいいわ。でもナリスはどうなるの？　ナリスは……そんな、二人の意地立てにまきこまれて——神聖パロはどうなるの？　このマルガが、ケイロニア軍とゴーラ軍の戦場として選ばれたりしたら、私は——ナリスは！」

「何があろうと交渉に応じるつもりはなくナリス陛下をイシュタールに連れ去るという、ゴーラ王のことばが真意であるとしたら」

ヴァレリウスはリンダをうしろからささえるようにしながら激しく云った。

「もはやいかなる妥協の余地もありえません。——しかもそれが、わが国民、勇敢な兵士たちのいのちを十人づつ奪う、というような残虐な脅迫によってなされるとしたら……むろん、リンダ陛下をイシュタールに同行など、がえんじるわけには参りません。たとえ陛下が、アル・ジェニウスの身を案じて同意されたとしても、神聖パロの宰相としてこのヴァレリウスがそのような無法は認められません。神聖パロの臣民は、そのような野盗の脅迫には屈さない。かれらはすべからく誇り高きパロの民です。——レムス王がキタイの傀儡であると知って、これほどの難儀にもあえて耐え、パロに正当なパロ王家の支配をとりもどすべく神聖パロにくみしてくれた、パロの民のなかのパロの民です。

——たとえ全員が殺されるとも、かれらはわが君主夫妻のために誇りをもって死んでゆくでしょう」

「ならば——」

イシュトヴァーンの目がすさまじく輝いた。

「決裂だな」

「どうしても、そんな——そんな考えを捨てることも、妥協することも——ひとのことばを耳にいれることさえできないというの？　イシュトヴァーン！」

リンダは悲痛な声をふりしぼった。

「どうして、そんなにまで、何ひとつひとの声が届かなくなってしまったの？——かつてのあなたはそんな人じゃなかった——私が——私が愛したひとはそんなひとじゃない！」

「そんなもの——」

イシュトヴァーンはいきなり、激しくテーブルの上のカラム水のつぼを払い落とした。それは地面におちて木っ端微塵に割れ、激しい音がひびいた。

「そんなことばでひとを縛りつけられるとでも思うのか。俺を待ってられなかったのはお前のほうだ。お前はナリスさまの妻になった——お前は俺を信じて待っているといったじゃねえか。……いつまでも待っていると。ああ、だがもうそんなこともどうだってかまやしねえ。いまはもうすべてが過去のことだ。わかった、グイン、じゃあお前の言い分は、『力づくで通れるものなら通ってみろ』ってことだな。いいとも、ゴーラの返答はこうだ。『ああ、よかろう、そうしてやる！』——わかったか、グイン！」

3

「ああ……」

ゴーラ王とその親衛隊の一行が、靴音も荒々しく引き上げていってからも、リンダは椅子の上にくずおれたままだった。

「リンダさま……」

ヴァレリウスがそっとその肩に手をさしのべようとする。リンダはやっと、われにかえったようにおもてをあげた。

「私は……私は悪い夢をみているのじゃないのかしら……」

「陛下……」

「グインとイシュトヴァーンが——おお、グインとイシュトヴァーンが戦う……しかも、ナリスの生命をかけて……なんて！——ヴァレリウス、なぜ、私を……私がナリスとともにイシュタールへ同行するのを止めてしまったの……私、そうしたかった。そうすれば……少なくとも私はナリスとともにいられるのに……」

「リンダさまは——」

ヴァレリウスは強い苦痛をかみこらえているように歯をくいしばった。

「大切なおからだです。——ナリス陛下に……何か——何か……万一のことがおありのさいには……リンダさまこそ、神聖パロの女王として……即位されねばならぬおかたです。……もはや、神聖パロの実態は、おふたりの上にしかない……私は、何があろうと、そのようなことは……リンダさまがゴーラの虜囚として、ナリスさまともどもイシュタールへ連れ去られる、などということはがえんじることは出来ません……」

「でも、ナリスは！」

リンダは狂乱をこらえようと必死になりながら、両手を激しくもみしぼった。

「ナリスが連れ去られてしまう——いいえ、その前に、あのひとは……めっきり弱ってしまったとイシュトヴァーンは云ったわ！　もし、そんな……いくさのさなかに連れ出されて、ナリスが——ナリスのからだがそんな旅に——そうでなくたって、ナリスは……クリスタルからマルガまでの旅ですっかり弱ってしまっているのに……」

「大丈夫です」

歯をくいしばりながら、ヴァレリウスは云った。

「ご心配あそばしませぬよう。……ナリスさまをイシュタールに連れ去るようなことは、このヴァレリウスが——いのちにかえても……させません。何があろうと——どのように卑劣な魔道を使おうと！――たとえ、この私がいのちを落とすとも……黒魔道に魂を売ってでも……」

ヴァレリウスのおちくぼんだ目が凄惨な光をおびてイシュトヴァーンの消え去った天幕の入り口のほうをにらみすえた。

「ゴーラ王イシュトヴァーンには……あの決断を一生後悔させてやる。……いまこそ私はもてる魔道の力のかぎりを尽くして……ナリスさまを取り戻すために……」

「おお――ヴァレリウス……お願い。あのひとを――あのひとを……」

「わかっています」

ヴァレリウスはリンダの手を握り締めた。

「ご心配あそばしますな。……あちらにはヨナもいます。……すでにゴーラ軍にはその存在を知られずに忍び込ませた、魔道師団もいます。……きゃつの思い通りになどさせぬ。……させてたまるものか」

さいごは、小昏い、血を吐くようなつぶやきとなった。

「ヴァレリウス」

それへ、声をかけられて、はっとヴァレリウスは痙攣的に身をふるわせた。

「は――はい」

「そんなことをしている暇はない。兵を動かすぞ」

「は——はっ」

「ゼノン」

「はいっ！」

「予定は変更だ。……俺にせよ、マルガの臣民がそのように無法に虐殺されてゆくのを手をこまねいて見ているのは愉快ではない。……ただちに、マルガを急襲するぞ」

「はいッ！」

「リムには引き上げぬ。このままマルガに向かう。おそらくイシュトヴァーンもそれを予想していよう。どのみちイシュトヴァーンのことだ、いくばくの兵は必ず近隣に伏せてある。まずはそれでもって同盟軍の出鼻をくじきにかかろう。伝令！」

「はッ！」

「リムに使いを出し、ケイロニア軍全軍出動の用意だ」

「かしこまりました！」

「ディモスはワルスタット騎士団をひきい、リンダ王妃の護衛にあたれ。そして後衛にさがり、次の指示を待ちつつリンダ王妃の身辺をかためよ。——サラミス公どのもそれに合流していただいてよろしいかな」

「は、はい」

たちまち緊張したおももちで、サラミス公ボースがうなづいた。

「もちろん、私は……宰相にさえ異存なくば。——ましてリンダ陛下のご身辺をお守りする任務とあるからは……」

「これからのいくさについては、すべての最終的な決定権と指揮権を、私は——神聖パロ軍のすべての部隊へのものを含めて、ケイロニア王グイン陛下にゆだねたいと存じます」

ヴァレリウスは口早に云った。

「これを宰相としての決定にさせていただきます。——グイン陛下、よろしゅうございますか」

「よろしかろう」

「そして私は——私はいったん情勢が明らかになるのを待って、魔道師団のみをひさい、ナリス陛下の救出に独自の活動に入りたいと思うのですが、それもご承知いただけましょうか。——サラミス騎士団、まもなく到着するカレニア義勇軍、南下してこれまたほどなく合する予定のルナン騎士団、すべての神聖パロの軍勢はグイン陛下の指揮下に入ります。……よろしくお願いいたします」

「わかった」

「どの隊も、すべて神聖パロとナリス陛下をお守りするためにいのちを捧げているものたちです。どのようにお使いいただいてもかまいませぬ」

「わかった。——が、さいわいほどもなくわが軍の増援も到着する予定だ。何も、このようなあらくれたいくさには不向きなパロの将兵を好きこのんで先頭にたてることはあるまい。それらの部隊にはすべて、後衛を守っていただき、かつリンダ王妃をお守りいただくのが最大の任務と心得ていただければよい」

「そのう、それだけのパロ軍がリンダ王妃のお守りをかためておられれば……私は陛下のお供をしてもよろしくはございませんか？」

ディモスがいくぶんおもはゆそうにいう。グインは破顔した。

「戦いたいのか。だが、はやるな。ワルスタット選帝侯にも重大な任務はいくらもあるぞ。おそらく、レムス軍もまた、南下してこのいくさはおいおいに三つどもえのものとなろう。それに対しては、後衛があたることになる。……サラミス公軍と神聖パロ軍にリンダ王妃をまかせつつ、レムス軍にあたるのはディモス、お前の任務になろうさ」

「心得ました」

ディモスはやっと多少納得したようにうなづいた。

「それでは、出陣の準備にかからせていただきます。これにて」

「おお。ゼノン」

「はいッ」

「金犬騎士団全員をひきいていますぐ、先にマルガにたて。——俺はあとからくるトールたちへの指図をすませてから、《竜の歯部隊》ともどもあとを追う」

「はッ！」

「イシュトヴァーン軍とぶつかりしだい容赦なくこれをうち破れ。おそらくこの近くに兵を伏せているとはいえそれはそれほどの人数にはならんだろう。主力はやはりマルガをかためているはずだ。いかな無鉄砲な、しりぞくを知らぬイシュトヴァーンといえども、緒戦で利あらずと見れば適当なところで兵をひいていったんマルガに戻り、主力と合流してのち、マルガを出てふたたび総力でこちらに当たってくるか――それとも、あえてマルガに、あくまでも人質をたててにとってたてこもるか――いずれかになるだろう。ヴァレリウスどののお許しも出たこと、イシュトヴァーンの、マルガの捕虜たちの虐殺をふりかざしてのおどしはあまり気にするな。こちらが一刻も早くマルガを解放すれば、それだけ殺される者も少なくてすむ、そちらのほうをとれ」

「はいッ」

「よし、出陣」

「かしこまりました！」

ゼノンが、おっとり刀で飛び出してゆく。ディモスもすでに天幕を出、おのれの部隊へと戻っていった。ヴァレリウスはサラミス公兄弟をふりかえった。

「われらも、出陣の準備を。……リンダさま、サラミス公軍の出陣準備が出来ましたら、そちらへ合流していただき——」

「私も戦うわ！」

血を吐くような叫びであった。

「陛下——」

「私も、戦闘に参加させて下さい、グイン。——足手まといにはならないわ。なにも直接先頭にたって剣をふるいたいなんていっているのじゃない。でも、後衛にあって守られているだけなんていや。それではただのお荷物になってしまう、そのくらいなら、いますぐサラミスにもどっておとなしくしていたほうがよほどあなたがたに迷惑はかけないわ。——でも、パロの民にとっては私のすがたこそ、何よりも心丈夫な希望を与えてくれるものであるはずよ。そして……かならず、私がともに戦っているという情報はナリスのもとにも届くわ。お願い、グイン、迷惑はかけないようにするわ。私にも兵をかして下さい。サラミス公軍と、ワルスタット侯軍とともども、私もマルガ攻めに加わらせてください」

「陛下ッ！」

ヴァレリウスは叫んだ。

「それはいけません。万一にも……」

「いや」

グインはそれをきいて一瞬何か考えるようだった。

それから大きくうなづいた。そのようすには奇妙に欣然としたものがあった。

「よかろう。——確かにリンダのいうとおりだ。リンダの姿こそ、神聖パロのうちひしがれた民にとって最大の希望にほかならぬ。……そのことは俺には思いいたらなかった」

「グイン！」

「配置換えだ」

グインは云った。

「ディモス、リムの本陣を堅守し、レムス軍及び万一にもキタイ軍、あるいはゴーラ本国からの援軍あるにそなえろ。トール軍が到着したらそれをマルガへ送り出し、出来ることならばケイロニアからマルガまでの輸送路、補給路を維持するようつとめよ。大事の任務だ」

「はッ！」

「サラミス公、リンダ陛下を指揮官としてともどもマルガを目指せるか」

「はいッ！」

ボースは飛び上がった。

「そ、それこそ、願ったりかなったりで！」

「まずはゼノンがイシュトヴァーン軍とぶつかってマルガへの道を開く。――そのあとに、俺の本隊ともどもも続くがいい。リンダ」

グインは云った。その口調には、奇妙な優しさが混じっていた。

「お前はいまだに、ときたま俺を驚かせるのだな。……確かにお前のようにふるまう女性は――まして女王はめったにいるものではないといっていいだろう。その勇ましいよろいかぶと姿を、マルガ市民に――そして神聖パロの国民に見せてやることだ。そのかわり、戦場に出たらすべからく、俺の命令に従え」

「もちろん！　そうするわ、グイン！」

「そのときだけはつまらぬ感傷は一切さしはさむな。俺も、そういうからにはヴァレリウスから、お前のいのちを預かることになる。……それがどのようなものであるのか、お前のいのちと安全が現在の神聖パロにとってどのようなものであるのか、それはヴァレリウスがいまいったとおりだ。俺はそれをも守り通さなくてはならぬのだからな。……俺が伏せろといったら四の五のいわずに伏せろ、俺が退却しろといったら何ひとつ問い返さずに退却を開始しろ。それが約束できねば、連れてゆくわけにはゆかぬ」

「約束するわ」

リンダは唇をかたく結びしめた。

「戦場では、何ごとがあろうとあなただけを信じて、あなたの命令に従います。ケイロニア王グイン」

「よかろう。では、神聖パロ王妃リンダどのを指揮官として、サラミス公騎士団、及び神聖パロ軍の全軍はわが軍本隊に同行してもらおう。出陣準備に入れ。おそらく夜にならぬうちにマルガめざして出陣することになる」


かくて——

またたくまに、短い交渉は破綻し、両軍はいっせいに動き出す準備にかかったのだった。

「陛下！　イシュトヴァーン王の一行は、アリーナの南、ルエの森のあたりで、そこに伏せて待たせてあったとおぼしき、ゴーラ軍およそ二、三千と合流いたしました！」

伝令の報告がもたらされたのは、そのわずか半ザンもかからぬのちであった。

「やはり、いたか。二、三千か——ならば、ゼノンが遅れをとることはないだろうが……ガウス」

「はいッ」

「《竜の歯部隊》だけ、別働隊として出動できるようにしておけ。指揮はお前がとれ」

「はい」

「ゼノンが苦戦するようなら、《竜の歯部隊》が支援せよ。だができれば、ゼノンだけに戦わせたい。《竜の歯部隊》にはまだほかにしてもらわねばならぬこともあるしな」

「は」

「ゼノン将軍ひきいる金犬騎士団五千が、ルエの森めざして出動いたしました。……すでにゴーラ軍はこの追撃を予期していたものと見られます。伏せてあったゴーラ軍がルエの森付近、ハトの小川と地元のものが呼んでいるあたりで、陣を張り、ケイロニア軍を待ち受けるかまえをみせております」

「勇ましいことだな。大言壮語するだけのことはある」

グインはゆとりをみせて笑った。

「だがいくさとなればイシュトヴァーンはただ進むを知っているだけのいのしし武者というわけでもないようだ。……おそらくマルガにはとっくにこの後の指令が出ていよう。マルガ付近に斥候をはなち、援軍がマルガからルエへ向かう動きがあるかどうかを偵察せよ」

「その偵察は、私におまかせ下さいませんか」

グインのかたわらで報告をきいていたヴァレリウスが云った。

「失礼ながらわれらパロ魔道師団の情報網は、通常の斥候よりもかなり早く、そして確実です。……むろんケイロニアの斥候もお出し下さってかまいませんが、それに加えてわれらの情報網をお使いいただければ」

「そうして貰えれば話が早くていい。俺はかねがね、このののちのいくさを制するものは情報を制するものだ、と考え、どのようにして、魔道師団におとらぬ情報網を整備することはできぬものかとずっと考えていたのだ」

「ただちに、陛下のために、パロ魔道師団より、専門の魔道師の分団を作り、陛下の御用にたつようにさせましょう」

ヴァレリウスはうしろをふりかえった。影のように居並んでいる魔道師たちのひとりを差し招く。

「ギール、グイン陛下のお指揮下に入り、情報収集のお手伝いをするよう、二十人ばかりの一級、下級魔道師を選抜して、それを指揮してくれないか」

「かしこまりました」

「まずは、マルガのようすを。——さらに、マルガのロルカどのに連絡をとり、マルガの——ことに離宮内部のようすを」

「かしこまりました」

「これで、ケイロニア軍も、パロの目と耳をもつことになります」

ヴァレリウスは云った。

「これがお役にたつようなら、さらに魔道師の塔から増援を呼び寄せます。……私は、緒戦のようすを確認してから、マルガにむかいます」

「ひとつ聞いておきたいが」

　グインは云った。

「現在はもう、キタイ勢力の干渉は、この前におぬしがいったとおり、遠くなったままなのだな？　その後の変化はないな」

「ありません」

　一瞬、何かに耳をすますようなようすをみせてから、ヴァレリウスは断言した。

「私の感じ取れるかぎり、何も波動の異常な乱れはマルガからクリスタル周辺にはありません。――私の力で感じられるのはそのあたりどまりですが。……レムス軍の動きにも、キタイの具体的な指令のようなものは感じられなくなっています。……おそらく、現在は、中原は――中原にすまう我々だけのものです。現在のところだけかもしれませんが」

「そのあいだが勝負、ということだな」

　グインはうなづいた。

「だが、それは俺が予想していた最悪の事態に比べれば、何倍もいい。――それに、俺はさきほど話していて感じた。イシュトヴァーンにはまだ見込みがあるかもしれん。……奴に対するキタイの暗示は、ナリスどのの身柄に限定されているようだ――おそらく、イシュトヴァーン自身の性格や志向が、それ以外の方向で、よそものにそうして支配されたり、指図されたりすることを極端にいとう、激しい自立心と反発心が何よりも強い、という部分があるからではないかな。――ナリスどのに関しては、おそらくイシュトヴァーン自身がずっともっていた、ナリスどのに関するこだわりが、キタイ王の暗示を可能にしたのだろうと俺は思った」

「グイン陛下……」

あの、火を噴くようにすさまじく激しく見えていた対峙のさなかに、この人は、そのようなことを冷静に観察したり、考えたりしていたのか――ひそかなおどろきにうたれて、ヴァレリウスとリンダはグインを見つめた。

グインのようすはまったくかわらない。

「もしも、ナリスどのを首尾よくこちらが奪い返すのに成功した場合には、その暗示はどうなるのかな。――キタイ王の暗示は、ナリスどのを、奪われるくらいならば殺してしまえ、というふうに働くのか、それとも、何があろうとあくまでもナリスどのにのみ執着しろ、というように――いくさの帰趨よりもさえ、だな――はたらきかけるのか。それとも、ナリスどのをわれらがうばいかえし、もうどうすることもできぬ、とわかれば、その暗示の効力は消えて、イシュトヴァーンもおとなしく帰途につく――おとなしいかどうかはわからぬが――可能性もあるのかな」

「それは……賭けになると思います。……私としては、ひとつ非常に恐れているのが……

……」

「何だ。どのようなことであれ、いってみるがいい」

「先日のクリスタル脱出により——グイン陛下もまた、古代機械を操るすべを完全に知っておられ、その資格を有しておられる、ということを、敵がたは知るにいたりました」

ヴァレリウスは苦しそうにくちびるをかみしめた。

「そのことで……もしも、ナリスさまだけが古代機械の秘密を知っているわけではなく、同じことならば、グイン陛下でもよいわけだと相手が考えた場合……ナリスさまのおいのちはかなり……危険になるのではないかと……」

「だが、あの——俺がクリスタル・パレスを脱出したときにはすでにキタイ王はキタイに戻っていた可能性もある」

グインは云った。

「もしなかったにせよ、俺を生きたままとらえることは、ナリスどのをとらえるよりも相当に困難だ、ということは——あちらが一番よく知っているだろうさ。俺も、これで何回となく、キタイでも、またクリスタルでも、ヤンダル・ゾッグとは対面もし、ことばもかわし、また、ぶつかりもしたわけだからな」

「………」

「俺をとらえ、協力させるためにはなまなかなことではすまぬ、ということが骨身にしみておれば、それほどナリスどのの価値がうせるということもあるまい。……また、俺はただ、偶然あれを動かせただけのことで、ナリスどののように、それについての理論などを調べていたわけではない。それもあちらにはわかっていようさ」

「はあ……」

「おぬしのナリスどのを案ずる気持はよくわかる。だが、俺は――俺の知るかぎりではナリスどのとても、どのようにいまからだも気力も弱っておられるといっても、やはり一代の勇士でもあれば、神聖パロの聖王でもあられる。その、ナリスどののご自身の判断や――力をも、信じてさしあげることだな。たとえ体が動かなくとも、どれほど衰弱していてさえも、ナリスどのはそのおからだで、反乱を立ち上げてこうしてついに神聖パロという国家をおぼつかなくも成立もさせ得たし、この奇襲がなくば、それはちゃんと存続もしていたのだからな――ナリスどのにそれだけの力がなくば、とくにこのような反乱はついいえていたはずだ」

「あ……」

おもわず、ヴァレリウスは、虚をつかれたようにグインの顔を見つめた。

「それは――」

「何よりもまず、ナリスどのを信じてさしあげることだ。……あのかたは無力ないりにえでもなければ、まったく人形のようにとらわれている人質でもないのだろう。俺がおぬしからきいたところでは、ナリスどののほうがおのれのいのちをたてにとってイシュトヴァーンの支配に屈さず、おのれの寝室をさいごのとりでとしてたてこもっておられる、という話だったぞ。——なみの精神力で出来ることではない。俺は、ナリスどのご自身もおおいに、敵中の援軍としてあてにしているのだぞ」

「まあ……」

リンダは息をのんだ。

「グイン、あなた……」

「グイン陛下……」

「そうね——そうなんだわ」

リンダは思わず、グインの巨大な手を握りしめた。

「本当に……あなたのいうとおりだわ、グイン——私、ナリスのことをまるで、まったく無力な赤児ででもあるかのように扱っていたのね。……あのひとは、でも——まだ、いまなお、あのマルガのなかでただひとり、ちゃんと神聖パロの聖王として孤塁を守っているんだわ……決して、いたずらに捕虜になり、ゴーラのくびきにつながれているわけではないんだわ。私、あの人にたいして無礼なことをしようとしていたわ……」

「そうだ。リンダ」

グインは笑った。

「何よりもまず、人を信じることだ。……俺は信じているのだぞ。イシュトヴァーンをさえ、こうなったこの期に及んでも信じている。あれが、ただ漫然とキタイ王のいいなりになどなるような男ではない、ということをな。俺が一番あてにしているのは、実はそのイシュトヴァーン自身なのだ」

4

「ルエの森周辺にて、ゼノン軍と、イシュトヴァーン自ら率いるゴーラの伏兵が戦闘を開始いたしました！」

伝令が、その知らせを届けてきたのは、それからまた半ザンとはたたぬうちのことであった。

「イシュトヴァーン軍はイシュトヴァーン王自らを先頭として、半月の陣形をとったゼノン軍にそちらから突っ込んでまいりました。——ただいま、激しい白兵戦が、ルエの森を中心に繰り広げられております！」

「イシュトヴァーン軍はきわめて勇猛であります。——兵力でも圧倒的に多数のゼノン軍を相手に、しゃにむに突っ込んではすばやくひき、また兵を入れ替えて突っ込んでくる兵法で、思いのほかに手ごわく、ゼノン軍は手こずっている模様です！」

グインは、この報告のもたらされたとき、すでに出陣の用意をととのえ、リムから到着した本隊をしたがえて、天幕のとりかたづけられたアリーナの野原に、リンダ、ヴァレリウス、サラミス公、そしてガウスらとともにいまや遅しと報告を待ち受けているところであった。かれらをおしつつむようにして、おびただしい数の、神聖パロ軍、そしてケイロニア軍精鋭が出陣の命令を待ちかまえている。

「やはりな。ゼノンは手こずっているか」

それをきくと、意外にも、グインは我が意を得たりというふうに微笑した。

「そうだろう。……ゼノンは、勇猛だがまだ、一本調子な戦いかたしか知らぬ。……それに、おのれが戦士として勇猛であるがゆえに、兵を動かしてこきざみに戦況の変化に対応するような、指揮官としての経験にはかえってかける。——何をいうにも、ケイロニアは幾久しく平和だった。強大な武力、世界最強といわれる軍事力を背景にしてな。……その結果、現在のケイロニア武将のなかでは、実戦を経験しているものが存外に少なくなっている。……俺はそのうちにゼノンにはどうあれ、敗戦の味も知ってもらわねばならぬと思っていた。これは、奴にはちょうどいい教訓になろうよ」

「しかし……援軍は、まだ出されないのでございますか」

ガウスがやや不安そうにグインによりそってささやく。グインはガウスを見やって苦笑した。

「まだだ。——いや、ゼノンがおのれで回復できるようなら天晴れなものだし、そうでなくば、いったん、きついようだがゼノンには音をあげてもらうほうがいい。……ゴーラ軍は、人数は少なくとも、現在のところ、いったん戦闘状態に入れば、世界でもっともしばしば実戦を経験している軍勢だ。軍事教練をどれだけかさねようと決して得られぬ実地の勉強を、ゼノンはさせてもらっているところだ。うっちゃっておけばいいさ」

「し、しかし、ゼノン閣下が……」

「奴は怪我はせんよ」

グインはまた笑った。

「個人としてはゼノンは俺の知るかぎり最強の戦士の一人だ。……だが、最強の戦士が何百人いようと、完全に統制のとれた五千人の兵士には勝てん。これからのいくさは、個人の強さではどうにもならぬ。イシュトヴァーン軍の強さは、イシュトヴァーンという稀代の戦鬼をいわばおのれの《頭》として一心同体になっていることなのだろうと俺は思っている。……まあ、遠からぬうちに、われらもそれをこの身で確かめることができるぞ、ガウス」

「は、はあ……」

「なかなか、よく頑張っている」

グインは云った。

「いや、イシュトヴァーンの話だ。……あれだけ大言壮語しただけのことはあるな。……ゼノン自身は若くとも、金犬騎士団はそれなり鍛えぬかれたケイロニアの最精鋭騎士団のひとつだ。……まあ、正直、ディモスたち選帝侯騎士団では、太刀打ちできまいな、いまのところは」

「そ、そうでしょうか」

「そうさ。……気の毒ながら、パロの聖騎士団ではまったくあれの奇襲にふせぐすべさえなかったのももっともだろう。——まあ、イシュトヴァーンには、おのれとおのれの軍勢が強くなるよりほか、何ひとつうしろだてさえなかったのだからな」

「マルガが、動き出しました」

あらわれて、報告をもたらしたのは、黒い魔道師のマントすがたの、ギールの部下であった。

「マルガ離宮の門がひらかれ、三、四千人のゴーラ騎士団が——中には、リリア湖畔からマルガ市中にまわって合流した隊もありましたが——こちらにむかって進軍を開始しました。……おそらくはイシュトヴァーンのルエに呼び寄せた援軍と思われます」

「ということは」

グインは注意深くきいていたが、面白そうに魔道師を眺めながらたずねた。

「マルガの守りは？」

「まだかなりのゴーラ軍が残っています。マルガ市中に滞在していたゴーラ軍ののこりの兵が、マルガ市中からひきあげ、マルガ離宮周辺を固めるために動き出しておりますから。……援軍が出るのといれかわりに、残りの部隊が離宮に入るのを待っているようすです」

「ふむ、何か、市中においた連中をそのままこちらにこさせてはまずい理由があるのかな」

　面白そうにグインは云った。

「まあ、むろん、本陣を固めて留守を預からせておくのが連れて出るのにつぐ最精鋭であるのは当然だが。……ゴーラ軍にはそれほど、そのなかでの力の差があるようには見えなかったが、それなりにあるのかな。……が、ということは、いま現在、マルガ離宮周辺はさておき――マルガ市中はかなり手薄になった、ということだな」

「はい。いっときに比べ、確実にマルガ市中からはゴーラ兵のすがたは減少、というより、ほとんどなくなっております。……それにかわって離宮周辺にぎっしりとゴーラ兵が何重もの陣をしいて、ナリス陛下奪還にそなえているようすです」

「なるほど。一応は足もとのそなえもして出ているというわけか」

　グインは云った。

「よかろう。……ガウス」

「はいッ」

「どうやら、出陣はこちらになりそうだな。……ガウス、《竜の歯部隊》をひきい、ルエを大きく迂回して、マルガ市中に入れ」

「はいッ」

「俺は黒竜騎士団をひきいてゼノンの援軍に出てイシュトヴァーンの目をひきつけておく。……ガウス、マルガ離宮を守るゴーラ兵たちに見つからぬよう、マルガ郊外に兵をふせておく場所を見つけられるか」

「と、思いますが」

「やや遠くてもかまわぬ。……イシュトヴァーン軍がもし万一、早めに退却して兵をひき、マルガ離宮を中心にあのへんにたてこもろうとしても、見つからぬ程度の場所でいい」

「はい。心得ました」

「そして、そこに兵をふせ、じっと俺の指令を待て。……最終的には、ナリスどの奪還の主力をつとめてもらうことになろうからな」

「心得ましたッ」

「では——そろそろ、俺も動き出すかな。ゼノンもずいぶんと意地を張っているが、あれはそれほど意地っ張りで身をあやまるやつではない。俺の見込みにたぐいなくば、ほどもなくゼノンから救援の要請がくるだろう。——人数に倍していながら、これほど手こずっていることに、ゼノン自身も思いがけなくて困惑していようが、そこに、マルガからの増援が入るのだからな。……おそらく、いまいましいながらも救援を要請してくるはずだ。……あれはその意味では素直なやつだからな」

「はあ……」

「リンダ、サラミス公軍をひきいて、俺と同行しろ。……ただしいまはまだ先頭にたつ必要はない。俺が出れば、イシュトヴァーンは敗走する。そしてマルガに入ることになる。……いくさがマルガにうつったら、俺ともどもそのすがたをおおっぴらにマルガ市民に見せつけるのだ」

「はい。グイン」

「よい返事だ」

グインは笑った。そのとき、あらたな伝令が駆け込んできた。

「申し上げます。……ゼノン将軍より、マルガよりの増援がイシュトヴァーン軍に合流の見込み、このまま戦闘を続けてよきか、あるいはお指図を待つべきかとのご質問が参っておりますが」

「なんだ」

グインは笑い出した。

「そこまでももたなかった――というよりも、まだまだ奴も、部下根性が抜けんか。……しょうもない、このまま戦闘を続けてイシュトヴァーン軍をしゃにむに撃退しろといってやれ」

「かしこまりました」

「大丈夫でしょうか？」

走り去ってゆく伝令をみながら、心配そうに、出陣の準備に出ていったガウスにかわってグインのかたわらについた副官のカリスがいう。グインはうなづいた。

「これは救援要請ではない。ゼノンもまだ、もうちょっとやってみたいのだろう。……よし、斥候を呼べ。戦況はどうだ」

「——全体に、ゴーラ軍がおしぎみのまま進んでいます」

ただちに、斥候の報告がもたらされた。

「ゼノン軍もよくたたかっており、一歩もひいておりませんが——死傷者の数はあきらかにゼノン軍のほうが上回っていると見えます。……また、イシュトヴァーン軍は、押してくるとみるとさっとひきあげて兵をいれかえる戦法をなお続けており、それであまり被害が出ないうちにあらての兵が出てくるので、つねに元気で士気の高い兵士たちが繰り出されてくるようです。……ゼノンどのは先頭にたって戦っておられ、全体の掌握と報告は副官が代行しています。……イシュトヴァーン軍も、イシュトヴァーンは乱戦のなかで激しく戦っており、全体に、乱戦模様となっています」

「どちらも、若い、ということか」

グインはかすかに笑った。

「よかろう。……では、そろそろ腰をあげるか。――ガウスは出発したか」

「はい。……いま、《竜の歯部隊》は出陣するところであります」

「よし、イシュトヴァーンもいまの状態ではそこまでこちらの本陣へはもう斥候もはなてているまいし、放っていたところでイシュトヴァーン自身がその報告をきくことはできまい。頃やよし、だな」

ゆらり、とグインが立ち上がった。

その巨軀が、ぬっと天を衝いて、アリーナの草原にそびえ立つかに見える。皮のマントがはためく。その額に輝く小さなケイロニアの略王冠が、パロの南の空の下に誇らかに輝いている。

リンダは、なんともいいようのない思いでそのすがたをふりあおいだ。いよいよ、グインが出陣するのだ。

（そして――ゆくてに待っているのは……イシュトヴァーンのゴーラ軍……）

ついに、グイン自らがひきいるケイロニア軍の精鋭と、イシュトヴァーンひきいるゴーラ軍とが、正面きって剣をまじえるときがきたのだ。

（なんという運命だろう。なんという――あの、はるかな……いまとなっては何百年も昔のようにさえ思われる、スタフォロスの落城の悲劇の炎のさなかで出会い――そして、いくたびもいくたびも、交差してはまたはなれ、またそれぞれの軌跡をあゆみ――）

（まったく相異なる軌跡を積み重ねて、奇しくもそれぞれに王と呼ばれる身になった、あの折りの二人の風来坊の傭兵たちが……）

（いま、ここに、宿命の戦矛をまじえるとは……）

（ああ、ヤーンよ……お守り下さい。……ああ、でも私は……私は、どちらにそう祈ればいいの……）

グインは彼女をつねに守護神のように守り、救い出してくれた頼もしい存在であり――

そしてまた、いまや、神聖パロと彼女の良人の命運を一身に引き受けて戦ってくれようとしている雄々しい救い主でもあった。

だが、また――

（ああ……私は……もう、あの蜃気楼の草原のことなんか……感傷的に思っているわけじゃない。そうではないけれど……）

（でも――ああ、イシュトヴァーン――あなたにも――まだ……まだここでいのちを落としてほしくはない……ないわ……）

それもまた、リンダにとっては、おのれをいつわることのできぬ、心の底からの叫びであった。

（ああ、イシュトヴァーン――あなたにとっては裏切りと見えようと……なんといわれてもしかたないのかもしれないけれど――）

三年、待っていてくれるか――

必ず、王となって、パロの王女に求婚できる資格のある王となって迎えにくる。

そう、あの蜃気楼の草原で誓った、うら若い傭兵。

その彼を待っていられなかったのは、結局のところ彼女のほうにほかならぬ。彼女にしてみればいろいろな言い分もあったけれども、しかし、彼にとってそれのすべてが意味をなさぬであろう、ということも彼女にはわかっていた。

（それに――私は……やっぱり、あなたを忘れたわ……三年たたずに、私は……ナリスを愛してしまったわ……生まれたときから一緒になるようにさだめられていたひと――ずっとそばにいて、そして……この上もなく大切だったひと……それが誰よりも大切になり、そしてあなたのことを忘れ、あなたとのことはあの短いあやしい冒険行のあいだだけのまぼろしだったと思い決め……）

恋を思い切った、わけでさえない。そのときにはもう、確かに、彼女の心には、あの草原の傭兵は住んでいなかったと思う。

（ああ、でも――でも、イシュトヴァーン……心変わりを責めるのだったら、お願いだから……私にして。それはナリスの罪でもなければ――パロの罪でもないわ。ただ、いけなかったのは私……あなたがもしも、それでナリスを憎むきっかけになったのだったら、すべては私のせいなのだから……）

（そう思うことさえ、あなたは《思い上がりだ》と拒むかもしれないけれど……でも、私は——）

（私は——ひとたび愛したことは……嘘じゃない。あのとき心から、本当に、あなたを待ち続けたいと願ったことも——嘘じゃない。——あの気持にはあのときの私の真実のすべてがあった。……そのときとどうして違う真実になってしまったのだと、たった二年ののちに——そう責められても、それは……女の心のあさはかさといわれてもしかたないかもしれないけれど……）

（でも、ああ、いま——私が、あなたに死んでほしくないと願うこころもまたまこと……）

（あなたにも、グインにも、むろんナリスにも……決して、いのちを落としてほしくないの。まして、そのたがいと戦いあってなど……）

（誰もが私にとってはいとおしく大切なひとなのよ……あなたにはわからないかもしれないけれど——ひとたび愛したことはいまなお私の血のなかに残って——あなたをやっぱり特別な人間にしているの。ナリスとは——一生をかけてともに夫婦として生きるとサリアに誓った、ナリスとはもちろんまったく違うけれど——でも、これがナリスへの裏切りだとは思わない。……ナリスのなかにも、私への愛と――いなくなった弟ディーンへの愛だってともにいられるはず、そのほかの愛もまた……）

（ひとは、ただひとつの愛さえあればいいというわけじゃない。……ひとつの愛が絶対のものであるからこそ、そこから、さらにひろがってゆく愛もあるわ……私は――私は、あなたにもグインにも破れてほしくない、死んでほしくない。……ナリスはいうまでもない。……だから、あなたたちに戦ってほしくない。この身を投げ出してでも――そういったらまた、あなたには、うぬぼれるな、と罵られるであろうとも……）

（私は……だから、戦場にゆくのよ、イシュトヴァーン――あなたにも、グインにも、できることなら戦いをやめてほしい、でもそれができぬなら、せめて、ここでどちらにもいのちを落とさないでほしい、そのねがいを、なんとかしてヤーンに届けたい、だからこそ……だからこそ――）

リンダの思いは――

だが、はたして、青くやわらかいパロの空にのぼっていって、そのどこかにいるやもしれぬヤーンに届いたのであるかどうか――

「出陣！」

グインの声が響く。

うたれたように人々は反応し、ただちに馬に飛び乗り、剣をつかむ――いくすじもの旗がざっざっと押し立てられる。誇りやかに青空の下にたなびいている、ケイロニア王旗、そして神聖パロ王妃の旗、神聖パロ国旗、ケイロニア国旗――サラミス公旗。

無数の旗をおしたてて、兵士たちが進み出す。まずは騎兵たちが、馬の手綱をとり、馬上ゆたかにそれぞれのかがやかしいよろいかぶとにマント、かぶとの上にはふさ飾りをなびかせ、見守って出陣への歓呼の声をあげる群衆もないしずかな中南部パロの草原を。

ゆくさきでくりひろげられている激戦はいまはまだ、その物音さえもここには届いてこぬ。だがいくばくもなく、ゆくてにその激しい白兵戦の模様がくりひろげられてくるだろう。そして、グイン――豹頭もつきづきしいその名高い英雄のすがたが、ケイロニア精鋭騎士団をひきいて乱戦のさなかにすがたをあらわすとき――

人々の運命は変わる。

いくたの戦において、そのようにして、グインは人々の運命を変え、いくさに勝利をもたらし、そしてその敵に対してはむざんな一転しての敗戦をもたらして突き進み続けてきたのだ。

だが――それをいうならば、イシュトヴァーンも、また――

彼もまた、ゴーラの狂王として、その悪名を全世界にとどろかせ、血に飢えた僭工、ゴーラの王位簒奪者、殺人鬼、ありとあらゆる凄惨な血ぬられた名声をまきちらしつつ、それでもなおここまでも、こうしておのれの望みのおもむくままに突き進んできたのだ。

（その——二人が、いま……ここで、運命のマルガの地で……激突しようとしている……）

「陛下」

声をかけられて、リンダははっと身じろぎをした。

（ああ——すべてが夢であったのなら……このすべてが夢で……声をかけられて、私が長い、なんという凄惨なおそろしい波乱にとみすぎた夢をみたものでしょうと笑いながら、平和なカリナエの寝室で、愛する夫の健康なすがたのかたわらで目覚めることができたら……どんなにいいだろう……）

だが、それこそがむなしい夢にすぎぬことは、たれよりもリンダがよくわきまえていた。

この身は、マルガの草原にあり、そしてこれから、いよいよ、ケイロニア王グインと、そしてゴーラ王イシュトヴァーンとの、最初にして、おそらくは最後ではあるまじきたたかいのその場に乗り出そうとしているのだ、ということも。

「陛下。馬をおもちいたしました。ご騎乗下さいませ。——それとも、馬車をご用意いたしますか——？」

「まあ……むろん、馬でゆくわ。心配しないで、ちゃんと、馬術も学んでいるのだから」

　サラミス公がそれをきいて、思わず頰をゆるめる。ヴァレリウスの視線がむけられる。

「王妃陛下、決してご無理をなさいませんように……まだ、このさき、いくさは今回だけではございませんから……」

「わかっているわ、ヴァレリウス。……では、いってくるわ」

「ご武運を」

（ご武運を）

　そう、祈って、伝えたことはあっても、おのれが出陣する側として、そのことばをかけられるのは、これがはじめてだった。

（しっかりするのよ、リンダ——これがお前の初陣なのだわ。……そしてそれは……この世で誰よりも愛する、誰よりも大切な人を守るため——そして、私の愛するすべてのひとびとの上に、どうかむごい運命が少しでもふりかからぬようにと、少しでも私の力で平和と安息を呼びさませるようにと——そのためのたたかいなのだわ。ゴーフや、イシュトヴァーンとのたたかいではなく——運命との、むごい、非情な運命とのたたかい——ひとは私を、パロの祈り姫、聖なる巫女と呼んだ——もしも私に、少しでもそのような力があるものならば……）

（いまこそ、神よ——あなたの愛する娘に力をお与え下さい。……私は、あなたのみこころにかなうためにだけ、これから、戦場にむかいます……）

「騎乗！」

サラミス公の号令が下される。

「ご無事で」

魔道師団をひきつれて、ひとり残るヴァレリウスの、黒い長いマントが風にはためいた。

馬上の人となったとき、リンダはもはや、何も考えてはいなかった。

（いま、行くわ――）

（いま……ナリス、いま、私が……こんどは私があなたを助けるために……戦場に向かっているのよ……）

（生きていて、ナリス。……それだけでいいわ。……私のために……生きて――もう少しだけ……私がもう一度あなたに会うまで……）

「出発！」

グインの野太い声が、ひびきわたる。

「報告！　ゼノン将軍の金犬騎士団が、くずれたちました！」

馬で走り込んでそのままくずれるように膝をついた伝令のふりしぼる声が、それに入り交じった。

「ゼノン将軍より、救援の要請が出ております！　ゼノン将軍より、ゴーラ軍手強し、グイン陛下にご救援を乞う、とのご報告が参っております！」

「やはり、奴では、持ちこたえきれぬか」

グインは、わずかに、青い空をふりあおいだ。

「だろうな。――やはり、奴とイシュトヴァーンでは、必死さが違う。……よかろう。ケイロニア黒竜騎士団、進発！――目指すはルエの森、相手はゴーラ王イシュトヴァーン率いるゴーラ騎士団だ！」

「おお！」

ケイロニアの精鋭のときの声――

「マルーク・グイン！」

「マルーク・ケイロン！」

その、声が大地をゆるがした。

グイン軍は、大地を蹴って動き出した――ルエへ。

あとがき

二ヶ月お待たせいたしました。「グイン・サーガ」八十五巻「蜃気楼の彼方」をお届けいたします。

いよいよこの未曾有の物語も佳境に入って来て、このところ毎回のようにおおいなる波乱が続いています。そしてまた、これまでは別々の場所でそれぞれの物語を織っているように見えた何人もの主人公たちが、いよいよ一堂に会して、互いにさまざまな変遷をかさねた運命のはてに、ふたたびひとつの運命をわかちあい、あるいは互いが互いの運命となる、という、そういう時期を迎えるようになった、といってもいいようです。＊巻では＊＊＊と＊＊＊がこうなり、そして＊巻ではついに＊＊＊と＊＊＊が、そして＊巻では――というような具合に、どれを口にだしてもネタバレてしまいそうな話、シーンが続々と続いております。まあ、これまで二十年かけて織ってきた物語が、いよいよそうして、こんどはいうなれば《収穫》の時期を迎えた、とでもいうのでしょうか。

おかげさまをもちまして、八十巻以降、読者の皆様のご支持もうなぎのぼりとなっているような手応えを私のほうも感じております。それ以前の展開にしびれをきらしていた気の短い人たちはいまごろ、もはや、ようやくこうして激烈な展開を迎えたこの物語の世界の収穫をつみとることを待たずにはるか無縁な世界へ歩み去っていってしまわれたのでしょうか。それとも、戻ってきて、「もうちょっと待っていればよかったのか」とわかっていただけた人もいるのでしょうか。もはや私には二年前のもろもろのうらみつらみも怒りもなく、ただ、「もうあとほんの一年も待っていればよかったのに」というそのかたたちの辛抱のなさへのほのかなお気の毒さのようなものを感じることがあるのみです。ここまできた物語はもはや止まりますまい。たとえ作者が止めようとしてさえ止まりますまい。おかげさまで八十四巻「劫火」はもろもろの書店のベストテンで、これまでは一週一位を確保したあと比較的短期間で圏外に去っておりましたが、今回は二週続いての一位をいくつかのベストテンで獲得し、また、三週続いて一位、二位、二位をキープしたところもあり、またベストテンは出たもののベスト二十の中にしぶとく残っている書店もありました。それもまた、この物語がいま、いよいよ収穫期に入ったのだ、というあかしのように私には思えます。また、ほどもなく、ひとつの道程として、早川書房さんのほうでは、「通算二千五百万部突破記念フェア」を企画していてくれるそうです。いまだかつて、八十巻をこえる——いや、外伝をあわせるとすでに百巻をこえているとは云いながら、このような二千五百万、というような数字を獲得したシリーズは小説にはあるのかどうか私は知りません。通算二千五百万部ということは、外伝をいれて百巻として、つまりは一冊につき、平均二十五万部を売り上げているということになります。それを一九七九年から、二十三年間にわたって維持しつづけてきた、ということは、もはや、名実ともに、古今未曾有、空前絶後、おそらくは二度と再現されることのないスケールの物語が誕生し、そして着々と完成に向かいつつあるのだ、と認めても、どこからも文句の出るおそれはありますまい。数字はすべてではありませんが、どの数字も私にとってはこれまで私が五十年間生きてきたことのなかでの、おのれの生き方のあかしであり、作り上げてきたもののすがたであり、そして誇りであるといまは胸をはっていいたい気持です。福田和也さんの「作家の値打ち」のなかでも、エンターテインメントとしての最高得点をつけていただき、世界文学に誇るレベルの作品、の最上位においてもらいましたが、おそらくは、そうした数字や評価にもまして、私にとっては、この物語そのものと、それをずっと愛し続けてきてくれた読者のかたたちの存在こそが、最高の評価であり、はげましであるのだと思います。

ごらんのように私のスタンスや気持もこのところにやってきて、かなりの変化を見せ始めています。おのれ自身が現在、日本の小説世界にとっていかなる存在であるのかを多少自覚しはじめましたし、また、二、三年前にまきこまれていたような波乱だの、まどわされていた迷いだのを、「なぜ、私はもっとおのれのこれほど巨大な作品そのものを信じて落ち着いていることができなかったのだろうな」と感じるようになりました。たいへんばかげた言い方をすると「あのころは若かったんだなあ」というような（笑）（爆）気持がいまとてもしております。まあ、それが二、三年前だ、ということそのものが、人間というのは永遠におろかで、でも永遠に進化し成長しつづけることができる存在なのだ、ということなのかもしれませんが。

ともあれ、また私の身辺にもこの年があけてからことに、いろいろとあわただしい変化がおこっております。そしてまた、それにともなう当然の心境の変化も——どちらがどちらを先によびさましているのかははっきりとはいえないのですが、しかし当然のことながらその両者には密接なかかわりがあり、また、ふしぎなくらい、それによってすべてが動いていっている——と私には思えます。心境の変化が情勢の変化を作り出し、情勢の変化がその心境の変化を確定させ、これで正しかったのだと思わせる——というような具合いに。そしてまた、この巻でも次の巻でもさまざまな——つきせぬ思い出を残してさまざまなことが起こります。それと現実との奇妙な照応関係のようなものもいま、私のなかではとてもふしぎなものごととして心にきざまれています。この物語そのものは百巻では終わりようもないと思うのですが、しかしそれでも確実に八十巻すぎるまで積み上げてきたということ、そして私が半世紀を生き続けてきたということ、それらがあいまって、この物語が確実に変えてきたもの、というのが、いまの私にはようやくきわめてはっきりと見えるようになってきた気がします。そして、おのれがこれまでの二十三年間にただの一瞬も「グインをいっそやめてしまおうか」というような疑惑さえも持たなかったこと（一瞬、あまりにウンザリして「もうそれだったら公開なんかしないでひとりでこそこそ書いてやる」と思った瞬間などはなかったわけではありませんけどね。でもそれは「書くのをやめる」にはただの一瞬もつながることはありませんでした。というか、その選択肢というのははじめから私のなかにはなかったですね）が、本当に「これでよいのだな」という確信となっていまの私をいよいよしっかりと支えています。世界は変わってゆき、ものごとも変動してゆき、そして物語も、社会も、日本の世相もひとの心も変わってゆくのですが、そのすべて変わってゆく変化の大きささをも飲み込む巨大な大河がひとつあり、それは滔々と時のなかを流れ続けている——というような、そんなふしぎな心持がいまの私をとらえています。去ってゆく人もよい。あらたに加わるものもよい——そして私はここにいるだろう、というような。

もうこのあとはこの確信は変わることはないだろうと私は思います。たとえこのあとまたおおいなる波乱や波紋、これまでに倍する激動が襲ってきたとしてさえも、その根底にもう、この確信は去ることなく息づいていて、それがこれからの私を支えていってくれるでしょう。もう、この年齢になったら、いまからすべてをかえて「生き直す」ことはきわめて難しいと思います。そのときになって「自分は間違っていなかったのだ」と思える、さまざまなものごとがそれを保証してくれる、というのは、人間にとっては、もっともこの世で幸せな出来事のひとつなのではないかという気が、いまの私にはしています。

たぶん若い人たちにとってはいまの私のこのような感慨や心境というのは到底理解できがたいものなのかもしれません。また、ここで語ることのできないようなことども、語りつくせないこと、語ってもわかってもらえるかどうかこころもとないことなど、たくさんのたくさんのことがあります。たくさんの出会いや、別れや、裏切りや、失意や、失望されること、期待されすぎること、あるいは私の望んでもいないものを要求されること、そして、与えることのできないものをどうしてもと要求されること、そしてまた、私の望んだものが与えられないこと――さまざまなものをつねに人間の世界というものははらんでいるものなのだ、ということを、あるいは私は、「グイン・サーガ」という物語を書くことなしには、知ることができなかったかもしれません。

いまはもう、何も考えることもなく私はただこの大河の流れに身をゆだねてゆこうと思います。そしてさらなる荒野へ、さらなる景観へ、そしてさらなる瀑布へも、さらなる高みへも。――その思いにささえられて、私は次の時代をも生きてゆくことだろうと思います。次の新しい時代がはじまるためには、かつてのものをたくさん捨てなくてはならないかもしれません。そのときに、まどうことのないように、そのときに、誤ることのないように、そのときに未練にひかされて道をこんどこそあやまることのないように。——本当にたくさんの出会いと別れと失意と裏切りと、そして本当に少しのよろこび——これでよかったのだ、という——を得てきたものだと思います。それもまたもしかするとグインという大河の一部であったのかもしれない、とさえ思うほどにも。現実のなかでも、物語のなかでも、去っていった人びと——当人は望まぬのに去ってゆかねばならなかった人たちに哀悼をこめて、そしてまたこの「時の流れ」のなかに花束を投げるような心持で——そしてそれがまた、次のあらたな出会いを生み出してくれるだろうと信じて「川の流れのように」——私も流れてゆけばよいのだと思います。

内容にあまり立ち入ることができないので（苦笑）たいへんもってまわった言い方になりました。本当は、いろいろとねぎらったり、感慨にふけったり、いろいろなことを思い出したりしたいところなのですが、あとがきからお読みになっているかたのためには、あまりそうすることもできかねるので（笑）これからは、いよいよ毎巻、一冊ごとに、同じような悩みをかかえて奥歯にもののはさまったように感慨することになりそうですねえ（苦笑）ともあれ、「地獄のヒキを有難うよ」とさんざんいびられた（笑）八十四巻に比べればやや楽な（笑）ヒキにはなっていると思います（笑）最初はほんとにこの八十五巻、書き始めるのにどきどきして……おっと、もうこれ以上いうとこれまたヤバイですね（笑）ああもうほんとに何をいってもいいづらくってしかたがない（笑）ということで、さまざまな変遷をかさねつつ、さらなる変遷へと突き進む「グイン・サーガ」を、これからも見守ってやっていただけたらと思います。いよいよ八十五巻、百巻まであと十五巻、ということもあんまりたいした問題ではないような気さえしてきましたが……ともあれ、こうなればゆくとこまでゆくっきゃない、というのが現在の私の偽らざる心境であります。誰ひとりいない高みにゆけばゆくほど、前人未踏であるからには、かつて知られていなかったいろいろな現象も起こってくることにもなりましょう。それもまた楽しきかな、というのがいまの私の到達した正直な気持です。

ということで、読者プレゼントは……大坪律子様、竹村さぎり様、増田良一様の三名さまに差し上げます。ついでにいうと私のサイト、神楽坂倶楽部もおかげさまで発足一年と七ヶ月にして百万アクセスを記録いたしました。百万ヒット記念のお祭り騒ぎも一段落して、またいつもどおりのサイトにもどっております。ここで連載している「わくわくグインランド！」ももはや三十三回を重ねております。私ってなんでも重ねちゃう人ね（笑）おひまのおりにでも、いっぺんのぞいてみて下さい。ではまた、二ヶ月後にお目にかかりましょう。

二〇〇二年五月三日（金）

神楽坂倶楽部 URL
http://homepage2.nifty.com/kaguraclub/

天狼星通信オンライン URL
http://member.nifty.ne.jp/tenro_tomokai/

天狼叢書の通販などを含む天狼プロダクションの最新情報は、天狼通信オンラインでご案内しています。

これらの情報を郵送でご希望のかたは、長型4号封筒に返送先をご記入のうえ80円切手を貼った返信用封筒を同封して、お問い合わせください。（受付締切等はございません）

〒162-0805 東京都新宿区矢来町109　神楽坂ローズビル3F
（株）天狼プロダクション情報案内グイン・サーガ85係

栗本薫の作品

心《しん》中《じゆう》天《てんの》浦《うら》島《しま》

テオは17歳、アリスは5歳。異様な状況がもたらす悲恋の物語を描いた表題作他六篇収録

セイレーン

歌と美貌で人々を狂気に駆りたてる歌手。未来へと続く魔女伝説を描く表題作他一篇収録

滅びの風

平和で幸福な生活。そこにいつのまにか忍びよる「静かな滅び」を描く表題作他四篇収録

さらしなにっき

他愛ない想い出話だったはずが……少年時代の記憶に潜む恐怖を描いた表題作他七篇収録

ハヤカワ文庫

栗本薫の作品

ゲルニカ1984年
「戦争はもうはじまっている!」おそるべき感性で、隠された恐怖を描き出した問題長篇

レダ〔I〕
ファー・イースト30。すべての人間が尊重される理想社会で、少年イヴはレダに出会った

レダ〔II〕
完全であるはずの理想社会のシティ・システムだが、少しずつその矛盾を露呈しはじめる

レダ〔III〕
イヴは自己に目覚め、歩きはじめる。少年の成長と人類のあり方を描いた未来SF問題作

ハヤカワ文庫

谷　甲州／航空宇宙軍史

惑星CB-8越冬隊

惑星CB-8を救うべく、越冬隊は厳寒の大氷原を行く困難な旅に出る――本格冒険SF

仮装巡洋艦バシリスク

強大な戦力を誇る航空宇宙軍と外惑星反乱軍との熾烈な戦いを描く、人類の壮大な宇宙史

星の墓標

戦闘艦の制御装置に使われた人間やシャチの脳。彼らの怒りは、戦後四十年の今も……。

カリスト――開戦前夜――

二一世紀末、外惑星諸国は軍事同盟を締結した。今こそ独立を賭して地球と戦うべきか？

火星鉄道一九

マーシャン・レイルロード

二一世紀末、外惑星連合はついに地球に宣戦布告した。星雲賞受賞の表題作他全七篇収録

ハヤカワ文庫

谷 甲州／航空宇宙軍史

エリヌス ―戒厳令―

外惑星連合軍SPAは、天王星系エリヌスでクーデターを企てる。辺境攻防戦の行方は？

タナトス戦闘団

外惑星連合と地球の緊張高まるなか、連合軍は奇襲作戦のためスパイを月に送りこんだ。

巡洋艦《クルーザー》サラマンダー

外惑星連合が誇る唯一の正規巡洋艦サフマンダーと航空宇宙軍の熾烈な戦い。四篇収録。

最後の戦闘航海

外惑星連合と航空宇宙軍の闘いがついに終結。掃海艇に宇宙機雷処分の命が下されるが……。

終わりなき索敵 上下

第一次外惑星動乱終結から十一年後の異変を描く、航空宇宙軍史を集大成する一大巨篇！

ハヤカワ文庫

神林長平作品

戦闘妖精・雪風

未知の異星体に対峙する電子偵察機〈雪風〉と深井零中尉の孤独な戦い——星雲賞受賞作

あなたの魂に安らぎあれ

火星を支配するアンドロイド社会で囁かれる終末予言とは!?　記念すべきデビュー長篇。

狐と踊れ

未来社会の奇妙な人間模様を描いたＳＦコンテスト入選作ほか六篇を収録する第一作品集

言葉使い師

言語活動が禁止された無言世界を描く表題作ほか、神林ＳＦの原点ともいえる六篇を収録

七胴落とし

大人になることはテレパシーの喪失を意味した——子供たちの焦燥と不安を描く青春ＳＦ

ハヤカワ文庫

神林長平作品

完璧な涙

感情のない少年と非情なる殺戮機械との時空を超えた戦い。その果てに待ち受けるのは？

今宵、銀河を杯にして

飲み助コンビが展開する抱腹絶倒の戦闘回避作戦を描く、ユニークきわまりない戦争ＳＦ

猶予の月 上下

時間のない世界を舞台に言葉・機械・人間を極限まで追究した、神林ＳＦの集大成的巨篇

Ｕの世界

夢から覚めてもまた夢、現実はどこにある？　果てしない悪夢の迷宮をたどる連作短篇集。

死して咲く花、実のある夢

人類存亡の鍵を握る猫を追って兵士たちは死後の世界へ。高度な死生観を展開する意欲作

ハヤカワ文庫

著者略歴　早稲田大学文学部卒
作家　著書『さらしなにっき』
『あなたとワルツを踊りたい』
『嵐の獅子たち』『劫火』（以上
早川書房刊）他多数

HM = Hayakawa Mystery
SF = Science Fiction
JA = Japanese Author
NV = Novel
NF = Nonfiction
FT = Fantasy

グイン・サーガ85
蜃気楼《しんきろう》の彼方《かなた》

〈JA695〉

二〇〇二年六月十日　印刷
二〇〇二年六月十五日　発行
（定価はカバーに表示してあります）

著者　栗《くり》本《もと》薫《かおる》
発行者　早川浩
印刷者　大柴正明
発行所　株式会社早川書房
郵便番号　一〇一-〇〇四六
東京都千代田区神田多町二ノ二
電話　〇三-三二五二-三一一一（大代表）
振替　〇〇一六〇-三-四七七九九
http://www.hayakawa-online.co.jp

乱丁・落丁本は小社制作部宛お送り下さい。
送料小社負担にてお取りかえいたします。

印刷・株式会社亨有堂印刷所　製本・大口製本印刷株式会社
© 2002 Kaoru Kurimoto　Printed and bound in Japan
ISBN4-15-030695-8 C0193